MORNING

WELCOME TO GERMANY

Nice to meet you!

Endlich! Die Austauschschülerin ist angekommen!

SURPRISE

MANDY ist wirklich crazy!

Jakob findet sie COOL!

SCHOKO MIT STREUSEL

LECKER!

Heute waren wir mit der Gastklasse in der Stadt. Eigentlich sollten wir unseren engli... – SORRY! – unseren britischen Gastschülern alles zeigen. Wir haben aber lieber gemütlich Eis gegessen.

Conni und die Austauschschülerin

Alle Abenteuer von Conni & Co:

Band 1: Conni & Co

Band 2: Conni und der Neue

Band 3: Conni und die Austauschschülerin

Band 4: Conni, Anna und das wilde Schulfest

Band 5: Conni, Billi und die Mädchenbande

Band 6: Conni, Mandy und das große Wiedersehen

Band 7: Conni, Phillip und das Supermädchen

Band 8: Conni, Paul und die Sache mit der Freundschaft

Band 9: Conni, Phillip und ein Kuss im Schnee

Band 10: Conni, Dina und das Liebesquiz

Band 11: Conni, das Kleeblatt und die Pferde am Meer

Band 12: Conni, Dina und der Babysitterclub

Band 13: Conni, Mandy und das wilde Wochenende

Band 14: Conni, das Kleeblatt und das Wald-Camp

Band 15: Conni, das Traumzimmer und andere Baustellen

Band 16: Conni, Phillip und das Katzenteam

Band 17: Conni, Billi und das schwimmende Klassenzimmer

Band 18: Conni, Anna und das große Pferdeglück

Dagmar Hoßfeld

Conni & die Austausch-schülerin

Mit Illustrationen von Barbara Korthues

CARLSEN

Eine Überraschung kommt selten allein

Wie gebannt starrt Conni die abgewetzte Aktentasche an, die vor ihr auf dem Lehrerpult liegt. Sie gehört Frau Lindmann, Connis Englischlehrerin, und sie ist so dick, dass es dafür nur eine einzige Erklärung geben kann: Heute gibt der Lindwurm die Grammatikarbeit zurück!

Röntgenaugen müsste man haben oder noch besser: über telepathische Fähigkeiten verfügen, denkt Conni seufzend. Dann könnte man den Inhalt der Tasche vielleicht positiv beeinflussen.

Sie hat ein ziemlich kribbeliges Gefühl in der Magengegend, wenn sie an die Klassenarbeit denkt. Englische Grammatik ist nicht gerade ihre Stärke. In der letzten Arbeit hatte sie nur eine Vier. Eine gute zwar, aber trotzdem eine Vier. Wenn diese Arbeit nicht besser ausfällt ...

„Conni, are you listening to me?“

Conni zuckt zusammen.

„Ja, natürlich höre ich Ihnen zu“, sagt sie schnell.
„Say it in English, please“, sagt Frau Lindmann. Sie steht vor Connis Platz und trommelt ungeduldig mit den Fingern auf der Tischplatte.
Conni spürt, dass sie rot wird. Hinter ihrem Rücken kichert Janette leise. Conni verspürt große Lust, ihr den Hals umzudrehen.
„Yes, I am listening to you, Mrs Lindmann.“ Sie betont jedes einzelne Wort. Dann zwingt sie sich zu einem kleinen Lächeln und fügt „Of course I am!“ hinzu.
Frau Lindmann nickt zufrieden. „Okay, that's fine“, sagt sie und wendet sich wieder der Klasse zu. „Bevor wir uns den Ergebnissen eurer Arbeiten widmen, habe ich eine Überraschung für euch.“
Conni und Anna wechseln einen Blick. Eine Überraschung vom Lindwurm? Na, da darf man gespannt sein.
„Ihr wisst vielleicht, dass unsere Schule seit vielen Jahren einen freundschaftlichen Kontakt zu einer Partnerschule in Großbritannien hat“, sagt Frau Lindmann. „Eine unserer zehnten Klassen war im Frühjahr zu Besuch in Brighton. Jetzt will die St. Christopher's School eine Klasse auf Gegenbesuch schicken.“
„Toll“, murmelt Phillip. „Und was hat das mit uns zu tun?“

„Dazu wollte ich gerade kommen", sagt Frau Lindmann. Sie hebt eine Augenbraue und fährt fort: „Der zehnte Jahrgang der Partnerschule steckt in wichtigen Prüfungen, weshalb uns stellvertretend eine sechste Klasse besuchen wird. Es handelt sich sozusagen um eure englische Parallelklasse. Die Schülerinnen und Schüler sind in eurem Alter. Sie werden unsere Klasse besuchen und am Unterricht teilnehmen."

Conni, Anna, Billi und Dina gucken sich an. Das ist wirklich eine Überraschung!

„Ein Austausch mit einer englischen Schule", flüstert Billi den anderen aufgeregt zu. „Das ist voll cool!"

Conni nickt. In der Klasse wird getuschelt. Frau Lindmann hebt die Hand.

„Unsere Gastschüler sollen während ihres Besuchs in Gastfamilien leben", sagt sie. „Ich habe Unterlagen für eure Eltern vorbereitet, in denen das Wichtigste steht. Es wäre schön, wenn einige Familien bereit wären, einen Gast aufzunehmen. Es sind 18 Teilnehmende und ich hoffe, dass wir für alle eine Unterkunft finden werden."

Paul meldet sich. Er macht ein unglückliches Gesicht.

„Sprechen die denn überhaupt Deutsch? Oder müssen wir uns mit denen die ganze Zeit auf Englisch unterhalten?"

„Unsere Gäste haben seit einem Jahr Deutschunterricht“, erklärt Frau Lindmann. „Deutsch ist in Großbritannien allerdings ein Wahlfach, kein Pflichtfach. Ich gehe aber davon aus, dass die Verständigung klappen wird und dass ihr viel voneinander lernen könnt. Es gibt nämlich nichts Besseres als den Kontakt zu Muttersprachlerinnen und Muttersprachlern, wenn man eine Fremdsprache lernen will.“ Sie mustert die Klasse, während sie eine Hand auf den Verschluss ihrer Aktentasche legt. „Und damit ihr euch und mich nicht völlig blamiert, kommen wir nun zu eurer Grammatikarbeit. Manche von euch stehen mit den modalen Hilfsverben anscheinend immer noch auf Kriegsfuß. Wir haben einiges zu besprechen, girls and boys.“

Au Backe, denkt Conni. Jetzt wird’s ernst!

Frau Lindmann zieht einen Stapel blauer Hefte aus der Tasche und geht langsam durch die Reihen, um sie zu verteilen. Bei Conni bleibt sie stehen.

„Very good“, sagt Frau Lindmann freundlich und legt das Heft auf den Tisch. „Das ist eine glatte Zwei.“

„Eine Zwei?“ Conni reißt die Augen auf. „Sind Sie sicher?“

Sie starrt zuerst das Heft und dann die Lehrerin an, bevor sie sich schnell selbst verbessert: „Oh, I’m sorry. I wanted to say: Are you sure?“

„Yes, I am.“ Frau Lindmann nickt. „Wie du weißt, irre ich mich nur selten.“

„Wahnsinn!“ Conni blättert ihr Arbeitsheft auf. Tatsächlich, da steht es rot auf weiß: eine Zwei!
„Mensch, toll!“, freut sich Anna. „Das Üben hat sich gelohnt!“

Conni nickt. Anna und sie haben jeden Nachmittag zusammen gelernt, bis sie die Vokabeln im Schlaf konnten.
„Was hast du?“, fragt sie Anna.
Anna grinst. „Auch eine Zwei!“
Conni beugt sich nach vorn. „Und ihr?“, raunt sie Billi und Dina zu.
„Eine glatte Eins“, flüstert Billi zurück. „Null Fehler, best test!“
Dina hebt drei Finger. „Ich hab eine Drei plus“, sagt sie lächelnd.
Zufrieden lehnt Conni sich zurück.
Klasse, denkt sie. Heute scheint unser Glückstag zu sein.
Als sie sich umdreht, recken Paul und Phillip gleichzeitig die Daumen nach oben. Auch die Jungs haben anscheinend gute Noten bekommen. Nur Janette, die schräg hinter Conni sitzt, verzieht den Mund, als habe sie in etwas Saures gebissen. Als sie Connis Blick auffängt, guckt sie schnell zur Seite und vertieft sich in die Betrachtung ihrer pink schimmernden Fingernägel. Conni kann sich ein kleines Grinsen nicht verkneifen.

Nachdem sie mit der Klasse die schlimmsten Grammatikfehler besprochen und deren Berichtigung an das Whiteboard geschrieben hat, verteilt Frau Lindmann die Infoblätter für den Austausch.
„Lest euch alles in Ruhe durch", sagt sie, „und gebt die Unterlagen dann bitte euren Eltern. Es ist ein Formular angehängt, in das sich eure Eltern eintragen können, wenn sie einen Gast aufnehmen möchten. Die ausgefüllten Zettel bringt ihr bitte bis spätestens Ende nächster Woche wieder mit. Noch Fragen?"
„Wann kommen die denn?", meldet sich Phillip zu Wort. Er grinst. „Höchste Zeit, dass der Laden hier mal ein bisschen aufgemischt wird."
Frau Lindmann runzelt die Stirn. „Der Termin steht noch nicht ganz fest", erwidert sie. „Du wirst dich wohl noch bis Anfang kommenden Monats gedulden müssen."
„Und wie lange bleiben sie?", fragt Dina.
„Zehn Tage", antwortet Frau Lindmann. „Das englische Schuljahr ist nicht wie bei uns in zwei Halbjahre unterteilt, sondern es besteht aus drei Trimestern. Dazwischen liegen jeweils die Ferien. Das müssen wir bei der Planung berücksichtigen, damit die Reise nicht in die Ferienzeit fällt."
Als der Pausengong ertönt und ein paar Eilige aufspringen, werden sie von Frau Lindmann zurückgerufen: „One moment, please! Hausaufgabe bis

morgen ist die Berichtigung der Klassenarbeit. Und bis übermorgen lest ihr Lesson 9 in eurem English Workbook. Darin steht alles über das englische Schulsystem. Ihr könnt zusätzlich gern in der Bücherei oder im Internet recherchieren und euch Stichpunkte dazu notieren." Sie nimmt ihre Tasche. „Goodbye, boys and girls. Have a nice day." Mit hocherhobenem Kopf verlässt die Lehrerin das Klassenzimmer.

„Goodbye, Mrs Lindmann", antwortet die Klasse im Chor.

Conni schnappt sich ihr Pausenbrot und schiebt sich mit Anna, Billi und Dina durch das Gedränge nach draußen auf den Schulhof. Die Englischarbeit ist nur noch Nebensache, viel wichtiger ist der Besuch aus England.

„Hoffentlich nehmen wir einen Gast bei uns auf", sagt Conni aufgeregt. „Ich stell mir das echt toll vor."

Anna nickt. „Ich auch. Ich frag mich nur, wie ich meine Eltern davon überzeugen soll."

„Am besten damit, dass so ein Besuch aus England deiner Englischnote guttun würde", meint Billi grinsend. „Du hast doch gehört, was der Lindwurm gesagt hat.“ Sie macht ein hochnäsiges Gesicht, hebt einen Zeigefinger und sagt mit verstellter Stimme: „Es gibt nichts Besseres als den Kontakt zu Muttersprachlerinnen und Muttersprachlern, wenn man eine Fremdsprache lernen will!“

Conni und Anna kichern. Nur Dina bleibt still.

„Stimmt“, sagt sie nachdenklich. „Das ist ein gutes Argument. Trotzdem glaub ich nicht, dass meine Eltern es erlauben werden.“

„Warum denn nicht?“, fragt Anna.

Dina druckst ein bisschen herum, bevor sie antwortet.

„Na ja“, sagt sie dann. „Ihr wisst doch, dass wir eine ziemlich kleine Wohnung haben. Und außerdem arbeitet meine Mutter als Krankenschwester im Schichtdienst. Da braucht sie ihre Ruhe.“

Conni runzelt die Stirn. „Hm, das ist natürlich doof. Aber weißt du was?“ Sie gibt der Freundin einen kleinen Knuff. „Wenn Anna, Billi und ich eine englische Gastschülerin bekommen, teilen wir sie einfach mit dir! Wir machen doch sowieso alles zusammen.“

Billi und Anna nicken sofort.

„Die Hälfte meiner Engländerin gehört dir“, verkündet Billi feierlich. „Versprochen.“

Conni knüllt ihr Brotpapier zusammen und wirft es

in einen Papierkorb. Dann geht sie mit den anderen langsam ins Schulgebäude zurück.
„Wollen wir uns heute Nachmittag in der Bücherei treffen?“, schlägt Anna vor. „Wir könnten ein bisschen im Internet surfen und Infos über das englische Schulsystem raussuchen.“
„Ja, klasse Idee“, sagt Conni. „Ich kann aber erst später, so gegen vier. Vorher muss ich noch ein Geburtstagsgeschenk für meine Mutter basteln. Hab ich Jakob versprochen.“
„Vier ist okay“, meint Anna.
Billi und Dina sind auch einverstanden.
Dina macht ein neugieriges Gesicht. „Was wollt ihr denn basteln?“
„Einen Fotokalender“, verrät Conni. „Ich hab zwölf Fotos von Jakob und mir gemacht. Die kleben wir auf Karton und verzieren sie noch ein bisschen.“
„Toll“, sagt Dina. „Bestimmt freut deine Mutter sich darüber.“
„Na, das will ich doch hoffen!“, grinst Conni. „Aber bevor wir damit loslegen, werde ich auf jeden Fall versuchen, von meiner Mutter schon mal das Okay für einen Austauschgast aus England zu kriegen. Wenn sie einverstanden ist, hat mein Vater nämlich auch nichts dagegen.“
„Ich drück uns die Daumen, dass es klappt“, sagt Anna.

„Fragen werde ich auch mal“, meint Dina. „Vielleicht erlauben es meine Eltern ja doch.“
„Ja, mach das“, sagt Billi aufmunternd. „Fragen kostet schließlich nichts!“
Conni seufzt, als sie sich auf ihren Platz schiebt. „Echt blöd, dass wir noch eine Stunde Deutsch haben.“
Herr Albers betritt die Klasse. „Ich hoffe, das ist nicht persönlich gemeint?“, fragt er schmunzelnd.
Conni wird rot. „Nein, natürlich nicht.“
„Dann bin ich beruhigt.“ Der Deutschlehrer lächelt. „Schlagt bitte eure Lektüre auf. Wo waren wir gestern stehen geblieben, Conni?“
„Auf Seite 64“, sagt Conni schnell. Sie schlägt ihr Buch auf: „Die Schatzinsel“ von Robert Louis Stevenson.
„Danke.“ Herr Albers setzt sich lässig auf eine Ecke des Lehrerpults. „Paul, lies bitte vor.“
Während Paul das neue Kapitel vorliest, senkt Conni den Kopf und liest im Stillen mit.
Echt spitze, denkt sie, während sie umblättert. Mit einem spannenden Buch vergeht die langweiligste Schulstunde in null Komma nichts!
Schon bald ist sie so in das Piratenabenteuer vertieft, dass sie an gar nichts anderes mehr denkt. Erst als es gongt und Herr Albers die Hausaufgaben an das Whiteboard schreibt, hebt sie den Kopf. Sie klappt

das Buch zu und schiebt es in ihren Rucksack. Ihr Blick fällt dabei auf die Infoblätter von Frau Lindmann und ihr Herz klopft ein bisschen schneller. Eine Schulklasse aus England – das ist fast noch spannender als ein Schiff voller Piraten!
Schnell stopft sie Buch und Federmäppchen in den Rucksack und wirft ihn sich über die Schulter. Sie kann es kaum erwarten, nach Hause zu kommen und Mama die tolle Neuigkeit zu erzählen.

Nudeln mit Soße und ein ganz besonderes Geschenk

Auf dem Nachhauseweg überlegen Conni und Paul, wie sie ihren Eltern den Schulaustausch am ehesten schmackhaft machen können. Pauls einziger Vorschlag ist: „Am besten fragen wir sie einfach."
Conni wirft ihm einen kurzen Blick zu. Als ob das so einfach wäre!
Sie verabschieden sich voneinander und Conni will gerade ihr Fahrrad in die Garage schieben, als die Tür des Nachbarhauses aufgerissen wird. Jakob und Marie, Pauls kleine Schwester, stürmen heraus.
„Menno, wo bleibst du denn?", ruft Jakob. „Ich warte schon seit hundert Stunden!"
Conni geht ihrem Bruder entgegen und strubbelt ihm durchs Haar. „Kann gar nicht sein", lacht sie. „Du hattest doch auch bis eben Schule. Aber wieso bist du bei Hausers? Ist Mama noch nicht da?"

Frau Hauser guckt um die Ecke. „Eure Mutter kommt ein bisschen später. Sie hat eben angerufen."
„Wir sollen schon mal das Nudelwasser aufsetzen", verkündet Jakob. Er senkt die Stimme: „Wann basteln wir das Geschenk?"
„Nachher", raunt Conni ihm zu. Sie winkt Paul und bedankt sich bei Frau Hauser. Dann kramt sie ihren Hausschlüssel aus dem Rucksack.
Wenig später steht sie mit Jakob in der Küche und füllt den großen Nudeltopf mit Wasser. Bevor sie ihn auf den Herd stellt, streut sie noch ein bisschen Salz hinein.
„Wenn Mama sich nach dem Essen hinlegt, haben wir unsere Ruhe", sagt sie zu Jakob. „Dann starten wir unsere Bastelaktion, okay?"
Jakob zieht die Nase kraus. „Na gut", brummt er. „Aber wehe, sie merkt was! Dann bist du schuld!"
„Ja, ich weiß", lacht Conni. „Große Schwestern sind immer schuld. Aber jetzt komm, du kannst mir beim Tomatenschnippeln helfen."
Als Connis Mutter aus der Gemeinschaftspraxis, in der sie als Kinderärztin arbeitet, nach Hause kommt, blubbert eine leckere Tomatensoße im Topf. Die Nudeln dampfen bereits im Sieb. Schnuppernd hebt sie die Nase und staunt: „Meine Güte! Ihr habt ja schon alles fertig!"

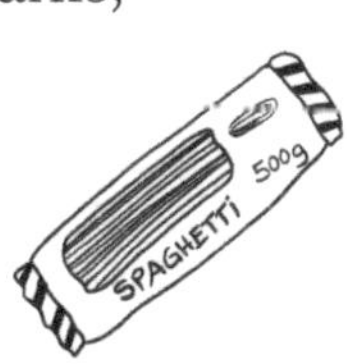

Jakob reckt sich stolz. „Klar, was dachtest du denn? Die Tomaten hab ich geschnipselt!"
„Vielen Dank, ihr Lieben. Tut mir leid, dass ich so spät komme, aber in der Sprechstunde war die Hölle los." Mama gibt zuerst Jakob, dann Conni einen Kuss. „Dafür hab ich morgen frei!"
„Das wäre ja wohl auch noch schöner, wenn du an deinem Geburtstag arbeiten müsstest." Conni zwinkert Jakob verschwörerisch zu. Er zwinkert zurück. Die Nudeln sind klasse. Conni türmt sich gleich eine zweite Portion auf den Teller. Das Infopapier über den Austausch hat sie neben Mamas Teller gelegt. Da kann die es garantiert nicht übersehen.
Frau Klawitter wirft allerdings nur einen flüchtigen Blick darauf. „Was ist das?", fragt sie.
„Lies doch selbst", mümmelt Conni mit vollen Backen.
„Hat das nicht Zeit bis nach dem Essen?", fragt Mama. „Die Nudeln sind wirklich unglaublich lecker!"
„Willst du noch welche?" Jakob springt auf, aber Mama winkt ab. „Nein, danke." Sie nimmt den Zettel in die Hand. „Ihr bekommt Besuch aus England?"
Conni nickt eifrig. „Ja, ist das nicht spitze?"
„Wieso?" Jakob dreht Nudeln auf seine Gabel und schiebt sich das Knäuel schmatzend in den Mund. „Was wollen die hier?"
Conni runzelt die Stirn. Woher soll Jakob auch wis-

sen, was ein Gastaustausch zwischen zwei Schulen ist? Er geht schließlich erst in die erste Klasse.
„Sie machen unseren Unterricht mit“, erklärt sie ihm, „und auch sonst alles.“
„Ist doch doof!“ Jakob schüttelt den Kopf.
„Das ist überhaupt nicht doof“, mischt Mama sich ein. „Im Gegenteil.“ Sie schiebt ihren Teller zur Seite und blättert interessiert in den Unterlagen.
Conni lässt die Gabel sinken und drückt so fest die Daumen, dass die Knöchel weiß hervortreten.
„Und?“, fragt sie schließlich. „Wie findest du's?“
„Toll“, antwortet Mama. „Ich war während meiner Schulzeit ein halbes Jahr in Frankreich. Im Gegenzug hat mich das französische Mädchen, bei dem ich gewohnt habe, dann in Deutschland besucht. Wir schreiben uns heute noch. Claire ist mir eine richtig gute Freundin geworden. So ein Austauschprogramm ist wirklich toll!“
Conni reißt die Augen auf. Ja, klar! Mama hat doch schon so oft von ihrer französischen Freundin gesprochen! Und dann die ganzen Briefe aus Frankreich! Aber dass die beiden sich schon seit der Schulzeit kennen und Austauschschülerinnen waren ...
„Du bist also einverstanden?“, fragt sie aufgeregt. „Wir nehmen eine Austauschschülerin?“
„Momentchen“, sagt Mama. „So schnell geht das nicht.“

„Wenn Conni eine kriegt, will ich auch eine“, kräht Jakob.
Conni wirft ihm einen belustigten Blick zu. „Dafür bist du noch viel zu klein!“
„Bin ich gar nicht!“
„Bist du doch!“
Mama fasst sich an die Stirn.
„Lasst uns erst mal den Tisch abräumen und dann eine kleine Mittagspause machen.“ Sie wendet sich an Conni. „Wir sprechen später darüber, ja? Ganz in Ruhe und vor allem, wenn Papa dabei ist.“
„Ja, ist gut“, seufzt Conni. Wenigstens hat Mama nicht gleich Nein gesagt. Das ist schon mal nicht schlecht. Und außerdem, fällt ihr ein, müssen Jakob und sie sich ja auch noch um das Geschenk kümmern. Mama steht auf und will das Geschirr zusammenstellen. Jakob kommt ihr zuvor.
„Leg dich mal aufs Sofa und guck dir die Zeitung an“, sagt er großzügig. „Conni und ich stopfen gleich alles

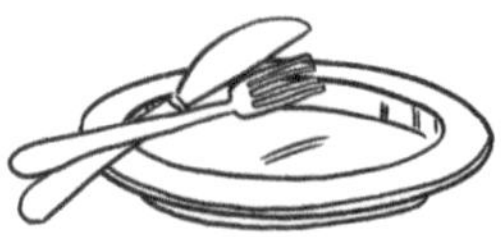

in den Geschirrspüler und dann gehen wir nach oben und spielen Mensch ärgere Dich nicht!“
„Sagt mal, hast du was angestellt?“, fragt Mama. „Oder hab ich mich im Datum geirrt und heute schon Geburtstag?“
„Beides falsch“, lacht Conni. „Aber du darfst dich trotzdem ein bisschen ausruhen.“

„Ja, los! Mach mal", drängelt Jakob und schiebt Mama zur Tür.
Conni verdreht die Augen. Jetzt übertreibt Jakob aber wirklich ein bisschen. Wenn er so weitermacht, schöpft Mama noch Verdacht. Sie tritt ihrem Bruder unauffällig auf den Fuß.
„Aua, Mann!", quiekt der sofort. Conni hebt drohend die Augenbrauen, aber Mama hat sich schon die Zeitung geschnappt und achtet nicht mehr auf die beiden.
Im Eiltempo befördert Conni das Geschirr in die Spülmaschine. „Alles erledigt!", ruft sie und gibt Jakob ein Zeichen, dass er vorgehen soll.
Jakob grinst und läuft die Treppe hinauf. Conni folgt ihm mit einigem Abstand, aber erst, als sie sicher ist, dass Mama im Wohnzimmer auf dem Sofa liegt.

Eine knappe Stunde später betrachtet sie zufrieden das Gemeinschaftswerk: zwölf hübsche Fotos auf farbigem Karton, für jeden Monat des Jahres eins, sorgfältig beschriftet und mit bunten Malereien von Jakob verziert.
„Glaubst du, sie freut sich?" Auf Jakobs Stirn prangt ein himmelblauer Farbklecks.
„Na klar." Conni nickt. „Ein selbst gebastelter Kalender ist ein super Geschenk und außerdem einmalig. So was kann man nicht fertig kaufen!"

Der Kalender ist wirklich perfekt, findet sie. Richtig toll!
„Wir müssen ihn nur noch einpacken."
Sie guckt sich in ihrem Zimmer um. Nach der Bastelaktion sieht es ziemlich wüst aus, aber irgendwo in dem Chaos muss das hübsche Geschenkpapier liegen, das sie für diesen Anlass gekauft hat.
Jakob zieht eine geblümte Rolle unter dem Schreibtisch hervor. „Suchst du vielleicht das hier?", fragt er grinsend.
Conni grinst zurück. „Genau, du Schlaumeier. Weißt du zufällig auch, wo das Klebeband ist?"
Während Conni auf dem Teppich kniet und das Geschenkpapier zurechtschneidet, durchwühlt Jakob den Schreibtisch.
„Ich hab's!", verkündet er schließlich.
Wenig später ist der Kalender hübsch verpackt.
Conni macht noch ein paar Schleifchen aus Kräuselband und klebt sie auf.
„Klasse", sagt sie. „Fehlen nur noch Blumen. Aber die pflücken wir erst morgen früh, damit sie schön frisch sind. Ich weck dich, eine Viertelstunde bevor Mama aufsteht, okay? Dann haben wir genug Zeit."
„Okay." Jakob gluckst leise. „Mann, das ist voll cool. Mama wird ganz schön staunen."
Conni steht auf und schiebt ihren Bruder aus dem Zimmer.

„Ja, das glaub ich auch“, sagt sie und wirft einen Blick auf die Uhr. „Aber jetzt muss ich los. Ich bin mit Anna und den anderen verabredet.“

Auf den Austausch!

„Wo bleibst du denn?“ Anna macht ein vorwurfsvolles Gesicht. „Ich hab dich zigmal angerufen!“
„Sorry. Mein Handyakku ist leer“, erwidert Conni. „Aber ich hab doch gesagt, dass ich ein bisschen später komme. Wo stecken Billi und Dina?“
„Die sind schon oben. Billi hat ihren Laptop mitgebracht. Das Internet ist hier viel schneller als bei ihr.“
Anna zieht Conni hinter sich her in die Bücherei. Sie laufen die breite Treppe hinauf und biegen um ein paar hohe Bücherregale. Conni kann Billi schon von Weitem lachen hören.
„Ist das englische Schulsystem so witzig?“, wundert sie sich.
„Wohl nicht.“ Anna kichert. „Billis gute Laune hängt eher mit unseren Tischnachbarn zusammen, glaub ich. Die sind nämlich sehr speziell!“
Conni runzelt die Stirn. Spezielle Tischnachbarn? Was meint Anna denn damit?

Als sie um die Ecke biegen, die die Internet-Arbeitsplätze vom normalen Büchereibetrieb trennt, sieht sie, was Anna gemeint hat: Vor einem der Computer sitzen zwei Jungs. Sie starren auf ein Tablet und schütten sich vor Lachen fast aus, während sie Conni beiläufig begrüßen.

„Hi, Conni“, sagt der eine. Der andere hebt nur kurz die Hand.

„Paul! Phillip!“, ruft Conni. „Was macht ihr denn hier?“

„Für die Englisch-Hausaufgabe recherchieren“, erwidert Phillip. Er lehnt sich lässig zurück. „Was dachtest du denn?“

Er guckt so unschuldig, dass Conni sich ein Grinsen nicht verkneifen kann.

„Hey, Conni! Da bist du ja endlich!“ Billis Gesicht taucht über der Trennwand zwischen den Schreibtischen auf. „Glaub ihnen kein Wort! Die beiden gucken sich nur blöde Videoclips an. Du weißt schon: ‚Die größten Schlamassel der Welt‘ und solche Sachen.“

Dina schiebt sich neben Billi. „Wir können uns überhaupt nicht richtig konzentrieren“, sagt sie vorwurfsvoll. „Dabei soll man in einer Bibliothek doch leise sein!“

Paul und Phillip brechen in prustendes Gelächter aus. Conni runzelt die Stirn.

„Seid ihr bald fertig?", fragt sie. „Oder wollt ihr den ganzen Nachmittag mit diesem Blödsinn verbringen?"
Paul zieht den Kopf ein. „Du hörst dich an wie meine Mutter", murmelt er. „Wir machen gleich Schluss, keine Panik."
„Klaro." Phillip schenkt Conni ein Lächeln. „Erst der Spaß, dann die Arbeit – heißt es nicht so?"
„Nein, heißt es nicht." Conni erwidert das Lächeln. Dann dreht sie sich um und schiebt sich zwischen Anna, Billi und Dina auf den letzten freien Platz.
„Wir haben schon mal angefangen", sagt Dina. „Es gibt echt tolle Seiten von britischen Schulen, nur leider sind die alle auf Englisch."
„Macht doch nichts", meint Conni. „Das kriegen wir schon hin!"
Billi drängelt sich ein Stück nach vorn, um besser an die Tastatur des Laptops zu kommen. „Es gibt aber auch gute Homepages von deutschen Schulen, wo was zum Thema Austausch steht."
Schon bald sind die Freundinnen in ihre Arbeit vertieft. Anna hat einen Collegeblock auf dem Schoß und macht fleißig Notizen.
Conni wirft einen kurzen Blick über die Trennwand. Paul und Phillip studieren konzentriert die Homepage des britischen Fremdenverkehrsamtes. Phillip blickt kurz vom Tablet auf und zwinkert ihr zu.

„Die Ärmsten!“, ruft Anna plötzlich.
Conni fährt herum. „Was? Wer?“
Anna rückt ihre Brille zurecht. „In England werden die Kinder schon mit fünf Jahren eingeschult. Wusstest du das?“
„Nein.“ Conni schüttelt den Kopf. „Aber schreib’s auf!“
„Und sie müssen Schuluniformen tragen“, sagt Billi. „Die Jungs lange Hosen mit weißem Hemd, Krawatte und einem dunklen Jackett und die Mädchen weiße Blusen mit Schlips und dazu Faltenröcke.“ Sie schüttelt sich. „Faltenröcke, grusel! Stellt euch das mal vor, wenn wir auch Schuluniformen anziehen müssten!“
„Lieber nicht“, lacht Conni, während ihr Blick über den Bildschirm wandert. „Hier steht, dass die meisten Schulen in Großbritannien Gesamtschulen sind. Und außerdem Ganztagsschulen. Genau wie bei uns.“
Anna nickt, während sie mitschreibt. „Aber dafür gilt das britische Schulsystem als eines der besten der Welt!“
Conni, Billi und Dina grinsen sich an. Anna hört sich an wie eine kleine Lehrerin.
„Ist was?“ Anna hebt den Kopf und macht ein verwirrtes Gesicht. Ihr Kuli schwebt über den Notizen.
„Nö, gar nichts“, lacht Billi. „Schreib nur schön weiter.“
Als sie genug Informationen gesammelt haben,

beschließen die vier, sich zur Belohnung eine Cola zu genehmigen.
Billi klappt ihren Laptop zu.
„Kommt ihr mit?“, fragt Conni die Jungs.
„Na logo.“ Phillip steht auf und streckt sich.
Paul nickt und schaltet das Tablet aus, bevor er es in seinen Rucksack schiebt.

Das kleine Bücherei-Café ist gut besucht, aber sie ergattern ein paar freie Plätze an einem Tisch am Fenster. Phillip holt noch zwei Stühle dazu.
„Wisst ihr schon, ob ihr jemanden aufnehmt?“, fragt er, während er einen Blick auf die Getränkekarte wirft.
Conni schüttelt den Kopf. „Meine Eltern entscheiden sich erst heute Abend. Drückt mir die Daumen.“
„Meine Eltern erlauben es nicht“, sagt Dina traurig. „Na ja, ich hab’s mir ja schon fast gedacht.“
„Mach dir nichts draus“, sagt Billi tröstend. „Wir nehmen auf jeden Fall jemanden und du weißt ja: Die Hälfte von meiner Austauschschülerin gehört dir!“

„Wir nehmen auch eine“, verkündet Anna.
„Meine Eltern waren auch einverstanden“, meldet sich Paul zu Wort. Er grinst. „Das wird bestimmt spitze! Dann kann ich gegen einen echten Engländer Fußball spielen. Vielleicht können wir sogar Nationalmannschaften bilden und ein Fußballturnier veranstalten und ...“
Phillip unterbricht ihn: „Hey, glaubst du, alle Jungs in England interessieren sich für Fußball? Kann ich mir nicht vorstellen.“ Als die Kellnerin kommt, bestellt er für alle Cola. „Wir nehmen jedenfalls auch einen Austauschschüler und falls die Plätze knapp sind, sogar zwei, hat mein Vater gesagt.“
„Gleich zwei?“, staunt Conni. Sie weiß zwar, dass Phillip seit der Trennung seiner Eltern allein mit seinem Vater in einer großen Villa lebt, aber dass sie gleich zwei englische Gastschüler bei sich aufnehmen wollen!
„Du hast es gut“, murmelt Dina.
Phillip winkt ab. „Wir haben jede Menge Platz im Haus“, meint er. „Und mein Vater ist in solchen Dingen ziemlich großzügig.“
Als die Kellnerin mit einem großen Tablett kommt und die Getränke verteilt, hebt Phillip sein Glas. Die Eiswürfel klirren leise.
„Na dann“, sagt er mit feierlichem Gesicht. „Auf den Austausch!“

Als Conni nach Hause kommt, sitzen Mama und Papa auf der Terrasse und unterhalten sich. Conni setzt sich dazu.
„Wir sprechen gerade über den Besuch aus England“, sagt Mama.
„Cool“, meint Conni. „Und?“
Papa wirft ihr einen belustigten Blick zu. „Was denkst du?“
„Ich fänd’s echt toll, wenn ihr Ja sagt“, erwidert Conni. „So ein persönlicher Kontakt soll unheimlich gut sein, um eine Fremdsprache richtig zu lernen, hat Frau Lindmann gesagt. – Ach, da fällt mir noch was ein.“ Sie grinst breit. „Ich hab in der Englischgrammatikarbeit eine glatte Zwei geschrieben!“
„Das ist ja klasse!“, freut sich Mama.
„Also, wenn du in englischer Grammatik so gut stehst“, sagt Papa gedehnt, „brauchst du doch gar keinen Austausch mehr, um deine Sprachkenntnisse zu verbessern.“
Conni stutzt. So hatte sie das natürlich nicht gemeint! „Das ist doch was ganz anderes“, sagt sie schnell. „Mit einem Gast aus einem anderen Land unterhält man sich. Da lernt man Umgangssprache, Konversation und solche Sachen.“
„Konversation, soso ...“, Papa schmunzelt.
„Wir sollten sie nicht länger auf die Folter spannen“, meint Mama und fügt hinzu: „Ja, wir erlauben es!“

„Hurra!“ Conni springt auf und hüpft jubelnd um den Tisch.
Jakob kommt um die Ecke.
„Was ist denn hier los?“, fragt er misstrauisch.
Pauls kleine Schwester Marie steht neben ihm.
„Bestimmt bekommt ihr bald Besuch von einem englischen Kind“, tippt sie. „Paul hat nämlich genauso gebrüllt, als Mama und Papa ihm das erlaubt haben.“
„Echt?“ Jakob reißt die Augen auf.
Conni fällt zuerst Mama, dann Papa um den Hals. Sie strahlt über das ganze Gesicht.
„Ihr seid echt spitze“, sagt sie atemlos. „Ich freu mich wie verrückt!“
„Ja, wir freuen uns auch“, sagt Mama. „Papa war sofort einverstanden.“
„Klar“, nickt Papa.
Conni flitzt ins Wohnzimmer, befreit ihr Handy vom Ladekabel und tippt schon im Laufen Annas Nummer an. Als sie sich in ihrem Zimmer aufs Bett wirft, meldet Anna sich. Conni lässt sie gar nicht erst zu Wort kommen.
„Meine Eltern sind einverstanden!“, schreit sie in den Hörer.
„Hey, klasse! Herzlichen Glückwunsch!“, sagt Anna. „Weiß Billi schon Bescheid?“
„Nee, ich wollt’s dir zuerst sagen.“

„Cool“, sagt Anna. „Dann bis morgen!“
Conni legt auf und wählt Billis Nummer, aber es springt nur die Mailbox an.
„Macht nichts.“ Conni streichelt Kater Mau, der laut schnurrend seinen Kopf an ihr reibt. „Dann erfährt sie's eben morgen.“ Sie legt das Handy auf ihren Nachttisch und zieht die obere Schublade auf.
Unter einem Taschenbuch, ein paar Haarschleifen und allem möglichen Krimskrams liegen ihr rot-weiß gestreiftes Tagebuch und der Muschelschreiber aus den letzten Ferien. Conni nimmt beides heraus und legt sich auf den Bauch. Mau kuschelt sich an sie. Er stört zwar ein bisschen beim Schreiben, aber es ist unheimlich gemütlich.
Zufrieden klappt Conni ihr Tagebuch auf.
Oh, Mann, denkt sie, das ist vielleicht aufregend!

Heute ist ein supertoller Tag! Ich bekomme einen Austauschschüler aus England! Das heißt, vielleicht ist es auch eine Austauschschülerin. So genau weiß ich das noch nicht. Aber ich glaub, ich hätte lieber ein Mädchen. Dann können wir so gute Freundinnen werden wie Mama und ihre französische Freundin Claire. Das wäre echt toll!

Auf jeden Fall freu ich mich wie verrückt und kann es kaum abwarten, bis die Engländer kommen!
Ich hoffe, dass die einigermaßen gut Deutsch sprechen. Mein Englisch ist ja noch nicht so toll. Aber ich hab eine Zwei geschrieben! In Englisch! Das ist ganz bestimmt ein gutes Zeichen.

Ein Mädchen namens Mandy

Als am nächsten Morgen der Handywecker klingelt, weiß Conni zuerst nicht, was los ist. Zum Aufstehen ist es doch noch viel zu früh!
Mürrisch stellt sie das Gebimmel ab. Aber dann fällt es ihr ein: Heute ist Mamas Geburtstag! Sie und Jakob müssen noch Blumen pflücken und den Frühstückstisch decken!
Schnell krabbelt sie aus dem Bett und gähnt und streckt sich. Draußen scheint die Sonne, wie ihr ein prüfender Blick durch einen Spalt im Vorhang verrät.
Auf Zehenspitzen schleicht sie über den Flur und schlüpft in Jakobs Zimmer. Der hat sich tief unter seine Decke gewühlt. Nur sein Haarschopf lugt hervor.
„Jakob“, flüstert Conni. „Aufwachen!“
Jakob knurrt und verschwindet noch ein bisschen tiefer in seiner Höhle.

„Jakob!“, flüstert Conni noch einmal und ein wenig lauter. „Wach auf!“

„Was is'n?“ Verschlafen taucht Jakob auf. Er verzieht das Gesicht, als er Conni sieht.

Conni zieht ihm kurzerhand die Bettdecke weg. Als Jakob lautstark protestiert, hält sie ihm schnell die Hand vor den Mund. Mit der anderen macht sie hektische Zeichen. „Pscht!“, zischt sie. „Du weckst ja das ganze Haus auf! Hast du vergessen, dass heute Mamas Geburtstag ist?“ Jakobs Augen werden groß. Conni zieht ihre Hand weg. „Los, steh auf!“

Wenig später stapfen sie durch den taufeuchten Garten. Kater Mau springt ihnen begeistert über die Füße, während er versucht, eine dicke Hummel zu fangen, die träge von Blüte zu Blüte summt.

„Pflück ein paar von den blauen“, sagt Conni zu Jakob. „Das sind Mamas Lieblingsblumen.“

Sie hält schon einen bunten Blumenstrauß in der Hand, aber ein kleiner blauer Farbtupfer fehlt noch.

„Perfekt“, meint sie, als Jakob ihr die Blumen reicht und sie die Stängel zu den anderen steckt.

Jakob niest zur Bestätigung. Conni geht über die Terrasse ins Wohnzimmer und stellt den Strauß in eine Vase auf den runden Esstisch. Ihr Geschenk liegt schon auf Mamas Platz neben der Geburtstagskerze.

Während Jakob das Frühstücksgeschirr aufdeckt,

füllt Conni in der Küche die Kaffeemaschine und schiebt vier Toastscheiben in den Toaster. Immer wieder guckt sie dabei auf die Uhr. Mama und Papa müssen jeden Moment aufstehen.
Schade, dass heute nicht Sonntag ist, denkt Conni. Sie stellt Marmeladenglas, Honigtopf, Milchkännchen und Zuckerstreuer auf ein Tablett, legt die fertigen Toastscheiben auf eine Serviette und bringt alles zum Esstisch.
Kaum dass Conni und Jakob sich gewaschen, die Zähne geputzt und sich angezogen haben, hören sie den Radiowecker im Schlafzimmer anspringen. Leise machen die beiden die Tür zum Schlafzimmer auf und fangen an zu singen: „Zum Geburtstag viel Glück, zum Geburtstag viel Glück, zum Geburtstag, liebe Mama, zum Geburtstag viel Glück!“
Mama sitzt im Bett und freut sich. Ihre Augen sind noch ganz klein und ihre Haare verstrubbelt, aber sie breitet die Arme aus und ruft: „Danke, meine Süßen! Vielen Dank!“
Conni, Jakob und Papa geben ihr nacheinander rechts und links ein Küsschen und gratulieren ihr. Als Mama wenig später am gedeckten Tisch sitzt, überreicht Papa ihr einen großen Strauß Herbstrosen und ein buntes Halstuch aus Seide. Dann legt er noch zwei Geschenke neben Mamas Teller. Conni

fragt sich, was es wohl sein mag, aber Papas Gesicht ist undurchdringlich.
„Das ist von uns!“, kräht Jakob und schiebt Mama den Kalender hin. „Selbst gebastelt!“
Neugierig befühlt Mama das Geschenk. Sie hebt es hoch, schüttelt es und packt es schließlich vorsichtig aus. Als sie den Kalender durchblättert und die Fotos, die bunten Tuscheverzierungen von Jakob und Connis sorgfältige Beschriftung sieht, ist sie begeistert.
„Vielen Dank! Das ist wirklich ein schöner Kalender! Der bekommt einen Ehrenplatz!“
Dann zupft sie vorsichtig an den Schleifen von Papas Geschenken.
„Mach schon auf!“, drängelt Jakob. „Ich will wissen, was drin ist, bevor ich zur Schule muss!“
Conni wirft ihrem Bruder einen kurzen Blick zu. Heute ist Mamas Geburtstag, da wird nicht genörgelt und schon gar nicht gedrängelt!
„Aber das ist ja ...“ Mama hält einen schmalen Silberring mit einem herzförmigen Bernstein in der Hand.
„Passt er?“, fragt Papa aufgeregt.
Mama schiebt den Ring auf den Finger. Er passt perfekt.
„Er ist wunderschön!“, lächelt sie.
Grinsend zeigt Papa auf das zweite Geschenk.
„Mach's auf!“

Mama reißt das Papier auf. Vor ihr liegt eine flache Schachtel aus weißem Karton.
„Du wünschst dir doch schon so lange ein neues Handy“, sagt Papa.
Mama starrt ihn überrascht an.
„Ist das etwa das neue Modell mit der tollen Kamera?“, fragt sie und öffnet vorsichtig den Deckel.
Papa nickt stolz. Er will etwas sagen, aber Mama unterbricht ihn mit einem Kuss: „Es ist toll, vielen Dank! Genauso eins hab ich mir gewünscht!“
Papa schenkt ihr schnell eine Tasse Kaffee ein und bestreicht einen Toast mit Erdbeermarmelade.
Mama legt sich das bunte Seidentuch um den Hals und betrachtet liebevoll den neuen Bernsteinring an ihrem Finger, während Conni und Jakob über das flache Handy mit dem großen Display staunen.
Conni probiert ein paar Klingeltöne aus und macht ein Foto von den Geburtstagsblumen.
„Cool“, meint Jakob.
„Ja, das ist es. Aber trotzdem sollten wir jetzt frühstücken“, seufzt Conni. „Sonst kommen wir wirklich noch zu spät.“
„Heute Nachmittag feiern wir ganz gemütlich weiter“, tröstet Mama sie. „Ich backe einen leckeren Kuchen.“
„Und zur Feier des Tages wird heute Abend gegrillt!“, verkündet Papa.

„Klasse!“ Conni geht in den Flur und schultert ihren Rucksack.
Wenig später schiebt sie ihr Rad aus der Einfahrt und winkt Jakob zu, der mit Marie zu Fuß zur nahe gelegenen Grundschule geht.

Als Conni in die Klasse kommt, liegen auf dem Lehrerpult schon ein paar Einverständniserklärungen. Sie legt ihren Zettel dazu und schlüpft in ihre Bankreihe. Anna und die anderen sind noch nicht da. Nur Janette und ihr Zickenclan stecken wie üblich ihre Köpfe zusammen und tuscheln.
„Hey, Conni!“ Phillip wirft seinen Rucksack mit Schwung über ein paar Tische nach hinten. Der prallt gegen die Wand und bleibt verkehrt herum liegen.
„Hallo, Phillip“, grinst Conni. „Na, wie viele Engländer ziehen bei dir ein?“
Phillip zuckt mit den Schultern. „Keine Ahnung. Noch ist nichts entschieden.“
Nach und nach trudeln die anderen ein. Paul und Phillip begrüßen sich so lautstark, als hätten sie sich tagelang nicht gesehen. Sie verdrücken sich in die

letzte Bankreihe, wo sie eine lebhafte Diskussion über die aktuelle Bundesliga-Tabelle anfangen.
Anna lässt sich seufzend auf ihren Stuhl fallen und wühlt in ihrem Rucksack nach der Einverständniserklärung ihrer Eltern. Billi gratuliert Conni. Anna hat ihr erzählt, dass Connis Eltern einverstanden sind. Nur Dina setzt sich ganz still hin und macht ein trauriges Gesicht. Conni lächelt ihr aufmunternd zu.
„Good morning, boys and girls!“, ertönt Frau Lindmanns schnarrende Stimme. Sie hievt ihre Aktentasche auf das Pult. „Please sit down.“
„Good morning, Mrs Lindmann“, kommt es murmelnd zurück. Ein paar Nachzügler versuchen, unbemerkt auf ihre Plätze zu schlüpfen. Vergeblich.
„You are late“, sagt Frau Lindmann streng. „One more time, and you'll get a black mark.“
Durch die Klasse läuft ein Murren. Die Klassenlehrerin ist für ihre schnellen Einträge ins Klassenbuch berüchtigt. Zum Glück fällt ihr Blick auf den Zettelstapel auf dem Lehrerpult.
„Well then“, sagt sie. „I've got some exciting news for you. Ich habe inzwischen eine Namensliste bekommen und kann die Plätze verteilen. Bitte schreibt einen kurzen Brief und stellt euch, eure Familien und eure Hobbys vor. Ich sammle die Briefe morgen ein und schicke sie an die Kontaktadresse. Dann kön-

nen sich unsere Gäste schon mal ein Bild von euch machen."
„Und was soll ich jetzt tun?", fragt Dina leise. „Wir nehmen leider niemanden bei uns auf."
Ein paar andere Schüler melden sich, deren Familien sich ebenfalls nicht am Austausch beteiligen. Sie machen bedrückte Gesichter.
„Ach ja, natürlich." Frau Lindmann runzelt die Stirn und überlegt. „Ihr schreibt einen Brief, in dem ihr unsere Klasse, die Schule und unsere Stadt vorstellt", sagt sie. „Wir machen mit unseren Gästen ein paar Ausflüge. Vielleicht könnt ihr etwas über die Sehenswürdigkeiten hier in der Gegend schreiben? Ihr könnt auch etwas über euch schreiben", fügt sie hinzu, als sie Dinas betrübtes Gesicht sieht. „Ihr seid schließlich auch Gastgeberinnen und Gastgeber."
Dinas Gesicht erhellt sich ein bisschen. Sie lächelt Conni zu, als sie deren Blick auffängt.
Ist doch klar, dass Dina trotzdem dazugehört, denkt Conni.
Frau Lindmann geht herum und verteilt kleine Zettel. Gespannt nimmt Conni einen davon entgegen. Ein Name und eine Adresse stehen darauf: Mandy Livingston, 13 A Seacove Lane, Brighton, Great Britain.
Ihre Austauschschülerin heißt also Mandy. Hört sich nett an, findet sie.

Neben ihr kichert Anna leise. „Alisha Donovan", flüstert sie Conni zu. „Alisha – was für ein Name!"
„Ist doch egal", flüstert Conni zurück.
„Meine Gastschwester heißt Kate McPherson", raunt Billi ihnen zu. „Auch nicht schlecht, oder?" Sie grinst.
Dina bekommt von Frau Lindmann einen Zettel mit der Anschrift der St. Christopher's School. „Dir fällt bestimmt was Schönes ein", sagt Frau Lindmann freundlich.
Dina nickt und Conni ist fest davon überzeugt, dass sie sich mit ihrem Aufsatz ganz besonders viel Mühe geben wird.

In der Pause vergleichen alle die Namen und Anschriften der Gastschüler, als ob sich daraus Schlüsse über sie ziehen ließen.
„Bekommst du wirklich zwei?", fragt Conni Phillip neugierig.
Phillip schüttelt den Kopf. „Leider nur einen: Toby."
„Meiner heißt Louis", sagt Paul. „Ich hoffe, er steht auf Fußball!"
„Am besten warnst du ihn in deinem Brief schon mal, dass du dich für nichts anderes interessierst", schlägt Anna vor. „Dann überlegt er sich's vielleicht noch anders."
„Ha, ha", macht Paul. „Stimmt ja gar nicht! Ich interessiere mich auch für andere Sachen!"

„Echt?“ Anna mustert ihn über den Rand ihrer Brille. „Davon hab ich ja noch gar nichts gemerkt.“ Sie wendet sich an Conni: „Weißt du schon, was du schreibst?“

Conni schüttelt den Kopf. Sie stellt es sich ziemlich schwierig vor, einem wildfremden Mädchen einen Brief zu schreiben und darin über sich zu erzählen.

„Vielleicht sollten wir ein Foto mitschicken“, schlägt Billi vor.

„Ja, klasse!“, meint Conni. „Und wir fragen, ob wir auch eins bekommen!“ Plötzlich fällt ihr eine Menge ein, was sie Mandy schreiben kann.

Gleich nach dem Mittagessen und den Hausaufgaben holt Conni ihr Briefpapier aus der Schublade und macht es sich an ihrem Schreibtisch bequem. Der Duft von Zwetschgenkuchen zieht durchs Haus. Conni schnuppert genüsslich. Aus dem Garten kommt lautes Lachen. Papa hat sich den Nachmittag freigenommen und schrubbt mit Jakob den Grill. Conni starrt auf das leere Blatt Papier vor sich und versucht, den Kuchenduft und das Gelächter zu ignorieren. Nachdenklich knabbert sie an ihrem Füller. Schließlich schreibt sie:

Dear Mandy,
My name is Conni Klawitter. I am eleven years old and I go to the Lessing-Gymnasium. I like pizza and ice cream.

Conni lässt den Füller sinken. Was soll sie noch schreiben? Vorhin hatte sie doch so viele tolle Ideen! Als sie Jakobs Stimme hört, tippt sie sich an die Stirn. Ja, klar!

I have a younger brother. His name is Jakob. My family lives in a house with a nice garden.

Sie schreibt weiter, dass ihre Lieblingshobbys Schwimmen, Lesen und Fotografieren sind, dass sie eine Katze und viele gute Freundinnen und Freunde hat.
Conni runzelt die Stirn. Kann man das wirklich so schreiben? Ach, egal! Mandy kann ruhig schon vorher wissen, dass ihr Englisch noch nicht perfekt ist!

My best friends are: Anna, Billi, Dina, Paul and Phillip. You will meet them. They are in my class. I will send you a photography with this letter. Please send me a photograph of you!

I am very happy that you are coming to Germany!
Many greetings from Conni.
PS: Please write back! And don't forget the photo!

Zufrieden liest Conni den Brief noch einmal durch, dann faltet sie ihn sorgfältig und steckt ihn zusammen mit einem Foto, das Mama von ihr gemacht hat, in den Umschlag.

To Mandy Livingston
from Conni Klawitter

schreibt sie in Schönschrift darauf. Bevor sie ihn zuklebt, verziert sie ihn noch mit ein paar grinsenden Smileys, kleinen Blümchen und einer dicken, strahlenden Sonne.

Als Mama von unten ruft, schiebt Conni den Brief schnell zu ihrem Englischbuch in den Schulrucksack. Hoffentlich schreibt Mandy bald zurück, denkt sie, als sie aufspringt und nach unten flitzt. Und hoffentlich vergisst sie das Foto nicht!

Fisch mit Essig und andere Spezialitäten

Eine Woche später liegt ein Briefumschlag im Flur, als Conni aus der Schule kommt.

To Miss Conni Klawitter

liest Conni. Wer schreibt heutzutage denn noch Briefe? Ganz schön altmodisch. Aber irgendwie auch nett. Ihr Herz klopft ein bisschen schneller, als sie den ausländischen Poststempel sieht.
Mama kommt aus der Küche. „Post für dich“, sagt sie. „Per Express aus England.“
„Ja, cool! Hab ich schon gesehen!“ Conni lässt ihren Rucksack fallen und schnappt sich den Umschlag. Hm, sehr dick ist er nicht gerade. Sie nimmt ihn mit ins Wohnzimmer und wirft sich in den Sessel am Fenster.
„Was steht da drin?“ Jakob baut sich neben ihr auf.

„Ich hab ihn noch gar nicht aufgemacht!“, zischt Conni. „Und das werd ich bestimmt auch nicht, solange du neben mir stehst und Stielaugen machst! Schon mal was von Briefgeheimnis gehört?“

„Nö.“ Jakob grinst und lässt sich aufs Sofa fallen.

Conni rollt mit den Augen, aber dann dreht sie sich ein Stück zur Seite und macht den Umschlag auf. Ein Foto fällt ihr entgegen. Es zeigt ein rothaariges Mädchen mit Strohhut, das fröhlich in die Kamera lacht. Neben ihm sitzt ein großer schwarzer Hund, dessen Zunge seitlich heraushängt.

Neugierig dreht Conni das Foto um.

Me and my dog Harry. (He's the one putting his tongue out!)

steht auf der Rückseite. Conni kichert leise. Mandys Hund ist also derjenige, der auf dem Foto die Zunge rausstreckt ...

Mandy scheint ziemlich witzig zu sein!

Sie faltet den Brief auseinander und fängt an zu lesen.

Lieber Conni!

Moment mal, denkt Conni. Mandy glaubt doch hoffentlich nicht, dass sie ein Junge ist, oder? Mit gerunzelter Stirn liest sie weiter:

Ich will mich bedanken vor Deinen Letter, über was ich mich sehr gefreut hab!

Conni grinst. Mandys Deutsch ist also auch noch nicht perfekt. Wie beruhigend!

Ich freuen mich schon sehr Dich zu sehen und Deine Freunden und Family zu treffen. Meine Hobbys sind: Musik, Skating und Spazierengehen mit mein Hund Harry.
Essen mag ich am liebsten: Fish and Chips, Pancakes and Apple Crumble.
Sorry, dass mein Deutsch noch nicht so gut ist. Dein English in den Brief war sehr gut, ich muss sagen!
Ich habe zwei Bruder, die älter sind als ich. Mein Mutter arbeitet im Rathaus, mein Vater hat ein Werkstatt. Unser Haus ist fast am Strand von

Brighton. Brighton ist ein sehr hübsche Stadt am Meer.

Nun ich muss schließen, aber wir sehen uns bald!

Bis denn,

Mandy

PS: You can keep the photo! May I keep yours?

Conni guckt sich das Foto noch einmal genauer an. Mandy scheint wirklich nett zu sein. Ihr Lachen ist offen und was sie schreibt, klingt lustig und interessant.

Jakob hat sich unbemerkt angeschlichen und wirft einen Blick auf das Foto in Connis Hand. „Die sieht ja aus wie ein Feuerlöscher mit roten Haaren."

„Gar nicht wahr!", raunzt Conni ihn an. Sie schiebt das Bild energisch zurück in den Umschlag und springt auf, um in die Küche zu gehen.

„Na, was schreibt deine englische Freundin?", fragt Mama.

Conni liest ihr den ganzen Text vor. Jakob steht natürlich an der Küchentür und lauscht.

„Das hört sich doch sehr nett an", meint Mama, während sie ein Bund frische Möhren putzt.

Conni nickt und schnappt sich eine kleine Möhre.

„Fish and Chips, Pancakes und Apple Crumble sind Mandys Lieblingsessen", sagt sie, an einer Möhre knabbernd. „Was ist das? Können wir das nicht mal machen, wenn sie da ist?“

„Ja, klar!“ Mama ist sofort einverstanden. „Fish and Chips sind eine englische Spezialität: gebackener Fisch mit Pommes, in Zeitungspapier und mit Essig serviert.“ Conni verzieht die Mundwinkel. „Man kann den Essig aber auch weglassen und stattdessen Mayo nehmen. Pancakes sind wie Pfannkuchen. Die mögen wir auch. Und Apple Crumble ist, soweit ich weiß, eine Art Apfelstreuselkuchen. Ich werde mir wohl noch ein paar englische Rezepte besorgen müssen, bevor Mandy kommt.“

„Fisch mit Essig?“ Jakob schüttelt sich. „Örks!“ Er nimmt sich auch eine Möhre. „Kann die eigentlich nicht richtig schreiben? Der Brief hört sich ganz schön komisch an!“

„Lern du erst mal Englisch“, entgegnet Conni. „Dann weißt du, wie schwer es ist, sich in einer anderen Sprache auszudrücken.“ Sie nimmt sich noch eine Möhre und beißt krachend hinein. Mama runzelt belustigt die Stirn. „Wenn ihr lieber Rohkost essen möchtet“, sagt sie, „könnte ich mir die Mühe mit dem Kochen eigentlich sparen.“ Sie wendet sich an Conni: „Wir sollten am Wochenende vielleicht schon mal anfangen, das Gästezimmer vorzubereiten. Im Moment ist das eine richtige Rumpelkammer. Wir

müssen aufräumen und sauber machen. Hast du nicht noch ein paar hübsche Poster, die wir aufhängen können?"
„Wieso denn das Gästezimmer?", fragt Conni alarmiert. Das kommt ja gar nicht in die Tüte!, denkt sie. „Mandy schläft natürlich bei mir! Sie soll schließlich zur Familie gehören. Und außerdem ist es viel gemütlicher!"
„In deinem kleinen Zimmer?", fragt Mama skeptisch.
„Ist doch pupsegal, wo die schläft", meint Jakob. „Hauptsache, nicht bei mir!"
Conni wirft ihm einen genervten Blick zu.
Mama überlegt. „Also, wenn du in deinem Zimmer etwas Platz schaffen kannst", sagt sie zu Conni, „sodass das Gästebett reinpasst, könnte es vielleicht gehen."
„Klasse!" Conni dreht sich um. „Ich mess gleich mal alles aus und dann überleg ich mir, wo Mandys Bett hinkommt!"
„Und vergiss nicht, im Kleiderschrank Platz für Mandys Sachen freizuräumen", meint Mama.
„Ja, klar", sagt Conni. „Aber das hat ja noch ein bisschen Zeit." Sie nimmt das Maßband aus der Küchenschublade und tippt Jakob damit auf die Brust. „Wenn du mir versprichst, keine Witze mehr über Mandys rote Haare, ihr Lieblingsessen und ihr Deutsch zu machen, darfst du mir helfen."

„Okay."
„Wenn du willst, bring ich dir bei der Gelegenheit gleich ein bisschen Englisch bei. Ist doch peinlich, dass du das einzige Familienmitglied bist, das sich nicht mit Mandy unterhalten kann, oder?"
„Cool!" Jakob ist sofort Feuer und Flamme.
„Well then", sagt Conni. „Let's go!"

In den nächsten Tagen bekommen fast alle aus Connis Klasse Briefe und Fotos von ihren Austauschschülerinnen und -schülern. Anna zeigt stolz das Foto von Alisha herum, einem hübschen Mädchen mit Zahnspange und auffallend langen Haaren. Sogar Dina bekommt einen Brief von einem Mädchen namens Sarah, das sich bei einem Reitunfall die Hüfte gebrochen hat und die Deutschlandreise nun leider nicht mitmachen kann.
„Hey, klasse!" Conni freut sich mit ihr. „Dann hast du wenigstens eine englische Brieffreundin!"
Anna nickt: „Und wenn wir unseren Gegenbesuch in Brighton machen, kannst du Sarah persönlich kennenlernen!"

„Wie kommst du darauf, dass wir nach Brighton fahren?“ Billi runzelt die Stirn. „Davon ist doch überhaupt nicht die Rede!“
„Wieso?“, fragt Anna. „Ist so ein Schüleraustausch denn nicht gegenseitig?“
„Doch, klar“, erwidert Billi. „Aber normalerweise erst in der Neunten oder Zehnten.“
Als Paul und Phillip die Klasse betreten, wechseln die Freundinnen einen amüsierten Blick. Die beiden sprechen seit ein paar Tagen nur noch englisch. Zu Übungszwecken, wie sie behaupten.
„Hello, ladies“, sagt Paul lässig zur Begrüßung.
„What a beautiful morning!“ Phillip macht eine Verbeugung vor den Mädchen. Als er sich wieder aufrichtet, fällt ihm eine Locke in die Stirn. Er pustet sie lässig aus dem Gesicht. „Just as beautiful as you are!“
Billi zeigt ihm einen Vogel, Anna kichert und Dinas Gesicht bekommt einen zartrosa Schimmer.
Der Morgen ist fast so schön wie wir? Conni kann sich ein Grinsen nicht verkneifen.
„What's up, boys?“, fragt sie.
Phillip zieht ein Foto aus seiner Jeansjacke. „May I introduce my friend Toby from Brighton?“, sagt er. „He loves cricket and French fries.“
Conni betrachtet das Foto. Es zeigt einen sportlichen Jungen mit dunklen Haaren.

„What is the meaning of ‚French fries‘, please?“ Paul macht ein ratloses Gesicht. „Frittierte Franzosen?“
„It means Pommes“, lacht Conni. „Das hatten wir schon in der Fünften! By the way: Hast du noch kein Foto von Louis?“
„Doch, klar! Äh ... I mean: Yes, of course!“ Paul wühlt umständlich in seinem Rucksack und zieht ein Foto heraus. Es ist schon etwas zerknittert und obendrein ziemlich unscharf.
„Welcher ist es denn?“, fragt Conni. Auf dem Foto ist eine ganze Fußballmannschaft abgebildet.
„Der Dritte in der letzten Reihe.“ Paul tippt mit dem Finger auf das verschwommene Bild. „Cool, was? Er spielt auch Fußball!“
„Ja, klasse.“ Conni reicht ihm das Foto zurück. „Dann habt ihr wenigstens ein gemeinsames Hobby.“
Als Frau Lindmann die Klasse betritt, springen alle auf ihre Plätze. „Good morning, girls and boys“, schnarrt der Lindwurm gut gelaunt. „Nur noch wenige Tage und unsere britischen Gäste sind da. Wir wollen heute das Ausflugsprogramm besprechen und Vorschläge sammeln.“
Conni holt ihren Collegeblock aus dem Rucksack und schlägt ihn auf. Als Anna ihr zuzwinkert, zwinkert sie zurück. Ausflugsprogramm? Das hört sich spannend an!
Schon bald steht eine lange Liste lohnenswerter

Ziele am Whiteboard. Die Vorschläge reichen vom Schwimmbad über den Minigolfplatz im Stadtpark und die kleine Eisdiele von Angelo bis hin zu Kino, Streichelzoo, dem Museum in der Nachbarstadt und dem Waldlehrpfad hinter der Schule.
„Das schaffen wir nie in zehn Tagen“, stöhnt Phillip.
„Könnte auch ein bisschen teuer werden“, stellt Anna fest.
Frau Lindmann nickt. „Es sind nur Vorschläge. Wir picken zwei oder drei Programmpunkte heraus, die bezahlbar sind und für die wir nicht so weit fahren müssen. Uns stehen für die Ausflüge sowieso nur zwei Vormittage zur Verfügung, weil unser Unterricht weiterlaufen muss und die Gastklasse nachmittags einen Sprachkurs besuchen wird.“
„Kann nicht lieber jeder das machen, was er will?“, meldet sich Janette zu Wort.
Conni zieht die Stirn kraus. Typisch Janette, überlegt sie. Immer denkt die nur an sich. Ihre Austauschschülerin kann einem jetzt schon leidtun!
„Nein“, sagt Frau Lindmann. „Wir wollen so viel Zeit wie möglich gemeinsam verbringen.“
Janette zieht eine Schnute. Saskia und Ariane flüstern ihr etwas zu und kichern leise.
Was für blöde Schnepfen, denkt Conni bei sich und wendet sich ab. Bestimmt wären die Ausflüge viel schöner, wenn die Zicken zu Hause blieben!

Am Abend klebt Conni Mandys Brief und das Foto in das Tagebuch, bevor sie sich zufrieden in ihrem Zimmer umschaut. Der Raum ist wirklich kaum wiederzuerkennen. Sie hat den Schreibtisch aufgeräumt, die oberen Schubladen freigeschaufelt und einen zweiten Stuhl davorgestellt. Schließlich müssen Mandy und sie gemeinsam Hausaufgaben machen. Am Fenster ist genug Platz für Mandys Gästebett. Sogar der kleine Nachttisch aus dem Gästezimmer passt noch daneben. Auch im Kleiderschrank herrscht einseitig gähnende Leere.
„Perfekt!", sagt Conni zu Kater Mau. Sie fährt ihm übers Fell, legt sich aufs Bett und greift nach Stift und Tagebuch.
Zum mindestens tausendsten Mal liest sie Mandys Brief, bevor sie ein paar Seiten weiterblättert.
Im Internet hat sie original britische Koch- und Backrezepte aufgestöbert und sich vorgenommen, gemeinsam mit Mandy ein paar ihrer Lieblingsgerichte zuzubereiten – jedenfalls, solange es kein Fisch in Zeitungspapier sein muss.

In drei Tagen kommt unsere Austausch-
klasse.
WELCOME TO GERMANY!

Als Conni die einzelnen Buchstaben mit ein paar Kringeln und Schnörkeln verziert, spürt sie ein aufgeregtes Kribbeln im Bauch.
Bald ist es so weit, denkt sie. Nur noch ein paar Tage ... Sie flitzt nach unten und bleibt vor dem hohen Bücherregal im Wohnzimmer stehen.
„Suchst du was Bestimmtes?“, erkundigt sich Papa belustigt.
Conni nickt. „Wir haben doch diesen dicken Reiseführer für Europa. Ob da auch was über England drinsteht?“
Papa steht auf. Sein Zeigefinger wandert über die bunten Buchrücken. „Bestimmt“, sagt er und zieht mit einem Griff ein dickes Buch heraus. „Hier. Viel Spaß beim Schmökern. Falls er nicht mehr auf dem neuesten Stand ist, schau einfach im Netz nach.“
„Danke!“ Conni schnappt sich das Buch und läuft zurück in ihr Zimmer. Dort wirft sie sich bäuchlings aufs Bett und ist schon bald in die Fotos und Beschreibungen von Südengland vertieft.
Schließlich muss sie doch wissen, wie es in Mandys Heimat aussieht, oder? Wenn alles klappt und sie

sich gut verstehen, kann sie Mandy vielleicht sogar mal einen Gegenbesuch abstatten.

„Brighton“, sagt Conni zu Mau. „Hört sich doch richtig gut an, findest du nicht?“

Mau schnurrt zustimmend und kneift ein Auge zu.

Nice to meet you!

„Siehst du schon was?“, fragt Anna.
„Nein“, seufzt Conni. Sie wendet sich an Billi, die auf einer kleinen Mauer steht und mit der Hand die Augen abschirmt. Sie sieht aus wie ein Pirat im Ausguck. „Kannst du von da oben was sehen?“
Billi schüttelt den Kopf. „Keine Spur von einem Reisebus!“
„Mist!“ Conni wirft einen Blick auf ihr Handy. Schon halb acht! Der Bus hätte um sieben da sein sollen! „Wo bleiben die nur?“
Dina zuckt mit den Schultern. „Wahrscheinlich stecken sie irgendwo im Stau“, vermutet sie.
„Hoffentlich nicht“, sagt Conni ungeduldig.
Den Jungs scheint die Warterei nichts auszumachen. Sie haben einen Pappbecher aus dem Abfallkorb gefischt und spielen auf der Wiese neben der Sporthalle Fußball.
Jakob flitzt mit roten Wangen neben ihnen her und

versucht, ihnen den Becher abzuluchsen, indem er ein paar flinke Haken schlägt.
Typisch, denkt Conni. Solange Jungs was zum Spielen haben, sind sie zufrieden.
Mama und Papa stehen ein wenig abseits und unterhalten sich mit Pauls Eltern. Marie hüpft auf einem Bein um sie herum.
„Da kommt ein Bus!“, ruft sie plötzlich und bleibt stehen.
Die Köpfe der wartenden Eltern fahren herum.
Billi reckt den Hals. „Sie kommen!“, ruft sie laut und rudert aufgeregt mit den Armen.
Die Jungs stoppen ihr Spiel und kommen angetrabt. Phillip kickt den zerbeulten Becher in den Abfallkorb zurück.
Dina stellt sich neben Anna und Conni.
Tatsächlich, es ist so weit: Ein großer Reisebus biegt langsam auf den Schulparkplatz ein und hält an. Es zischt laut, als der Fahrer den Motor ausstellt und die Türen sich öffnen.
Conni hält die Luft an. Sie wirft Anna einen Blick zu, aber die starrt nur angespannt geradeaus.

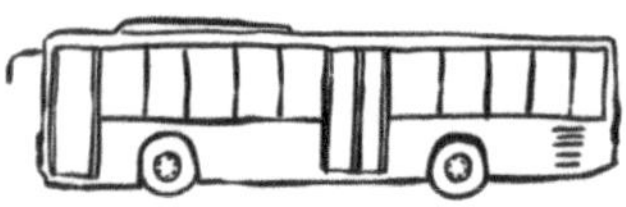

Langsam kommt Bewegung in den Bus. Hinter den Fenstern tauchen neugierige Gesichter auf. Ein paar Mädchen und Jungs winken.
Frau Lindmann tritt vor und begrüßt einen groß

gewachsenen grauhaarigen Mann, der als Erster aus dem Bus steigt.
„Im Namen des Kollegiums des Lessing-Gymnasiums heiße ich Sie und Ihre Klasse herzlich willkommen, Mr Brownstone“, sagt sie. „Hoffentlich hatten Sie eine angenehme Fahrt?“
Mr Brownstone nickt lächelnd und entschuldigt sich für die Verspätung. „Auf der Autobahn hat es einen Stau gegeben“, sagt er mit deutlichem englischem Akzent.
„Das ist bestimmt der Klassenlehrer“, raunt Billi den anderen zu. Sie hat ihren Ausguck verlassen und balanciert auf den Zehenspitzen, um besser sehen zu können.
Conni nickt nur.
Mr Brownstone bedankt sich für den netten Empfang und tritt zur Seite. Aus dem Bus dringen Rufe und Gelächter, als die ersten Mädchen und Jungen herausklettern und sich neugierig umsehen. Ein dünnes Mädchen mit auffallend langen blonden Haaren überragt alle anderen. Es trägt eine große Sonnenbrille, einen winzig kleinen rosa Rucksack aus Satin und sieht sich gelangweilt um.
Anna zeigt auf die hochhackigen Schuhe. „Wie kann die in den Dingern laufen, ohne umzukippen?“
„Keine Ahnung“, kichert Conni.

„Hello, Vicky!“, kreischt Janette. Sie stürzt auf das Mädchen zu und umarmt es geziert.
„Willkommen im Barbie-Klub!“, grinst Billi.
„Hey, da ist Toby!“, ruft Phillip und schiebt sich nach vorn. „Er sieht genauso aus wie auf dem Foto!“
Conni versucht, in dem hektischen Gewusel Mandy zu entdecken. In der Bustür taucht ganz kurz ein roter Haarschopf auf! Ob sie das ist?
„Da! Das muss Alisha sein!“ Anna bohrt ihr einen Ellbogen in die Seite und deutet auf ein langhaariges Mädchen, das sich erwartungsvoll umsieht. „Ich geh mal schnell zu ihr.“
Auch Billi hat ihre Austauschschülerin Kate entdeckt und begrüßt sie gemeinsam mit ihren Eltern.
Conni wird immer nervöser. Wenn Mandy nun nicht mitgekommen ist? Vielleicht ist sie kurz vor der Abfahrt krank geworden? Oh, Mann! Sie wirft einen Blick zur Seite. Ein stämmiges Mädchen in einem Fußballtrikot geht geradewegs auf Paul zu und schüttelt ihm die Hand.
„Hey, you must be Paulie, right?“, sagt es. „Nice to meet you!“
Pauls Mund steht sperrangelweit offen. Er starrt das Mädchen an und stottert: „Äh ... what?“
Das Mädchen grinst breit. „I am Louise“, sagt es und schlägt ihm zur Bestätigung kräftig auf die Schulter. „Hast du meinen Foto nicht bekommen?“

Paul sieht sich Hilfe suchend um. „D-das muss ein Irrtum sein“, stammelt er. „That must be a mistake! I don’t have a Austauschschülerin, I have a Austauschschüler! A boy, you understand? His name is Louis!“
Das Mädchen fängt laut zu lachen an.
„Hey, du bist really funny, Paulie!“, ruft es. „Louis ist mein nickname! But mein richtiger Name ist Louise!“
„Ein Mädchen!?“ Pauls Stimme überschlägt sich. Er macht ein Gesicht, als hätte er ein fünfköpfiges Monster vor sich. „Frau Lindmann, kommen Sie mal schnell!“
„Hi, I’m Mandy“, sagt plötzlich eine Stimme neben Conni. „You must be Conni. Ich haben dich gleich erkannt.“
Conni fährt herum. Neben ihr steht ein Mädchen und lächelt sie an. Es hat feuerrote Haare, stellt Conni fest, und eine gewisse Ähnlichkeit mit der Mandy von dem Foto – wenn es nur nicht diese total merkwürdige Frisur hätte: Oben auf dem Kopf stehen die Haare in alle Himmelsrichtungen ab. An den Seiten sind sie kurz rasiert. Im linken Ohr des Mädchens baumeln zwei kleine Ohrringe. Dazu trägt es eine weite Jeanslatzhose und ein T-Shirt in allen Farben des Regenbogens. Die Füße stecken in knöchelhohen Boots. In der Hand hält es den Strohhut, den Conni

schon von dem Foto kennt. Er sieht ziemlich zerknautscht aus.
Conni schluckt. Das soll Mandy sein? Die ist aber ganz schön bunt!
„I am Mandy Livingston“, wiederholt das Mädchen und wedelt mit dem Hut. „Sorry, ich sehen ein bisschen anders aus als auf dem Foto, was?“
Das kann man wohl sagen! Conni schluckt. „Entschuldigung“, sagt sie schnell. „Excuse me, aber ich hätte dich fast nicht erkannt!“
„No problem“, sagt Mandy unbekümmert. „Ich hab dich gleich erkannt. Du siehst exactly aus wie auf dem Foto, was du mir hast geschickt. Ich freuen mich sehr, dich endlich zu treffen!“
Conni erwidert Mandys offenes Lachen. „Ich mich auch“, sagt sie. „Und wie!“
„Wo ist dein family?“ Mandy guckt sich neugierig um. „Und dein little brother?“
Conni zeigt in eine unbestimmte Richtung. „Zuletzt hab ich sie dahinten gesehen.“ Sie nimmt Mandys Hand und zieht sie mit sich. „Los, komm, wir suchen sie!“
Die werden staunen!, fügt sie im Stillen hinzu.
Dina hat die ganze Zeit mit großen Augen danebengestanden und wortlos zugehört.
„That’s Dina“, stellt Conni sie kurz vor. „One of my best friends.“

„Hi, Dina“, winkt Mandy. „Nice to meet you!“
„Nice to meet you, too“, murmelt Dina, während sie Mühe hat, mit den beiden Schritt zu halten, ohne dabei den Blick von Mandys eigenwilliger Frisur zu nehmen.
Vor dem leeren Bus hat sich in der Zwischenzeit eine kleine Menschentraube gebildet. Mittendrin steckt Paul mit hochrotem Kopf. Links und rechts neben ihm stehen seine Eltern und machen verwirrte Gesichter.
„In dem Brief stand aber eindeutig Louis“, beharrt Paul. „Nicht Louise! Von einem Mädchen war überhaupt nicht die Rede!“
Frau Lindmann steht vor ihm und versucht, ihn zu beruhigen. „Es handelt sich offenbar um ein Missverständnis, Paul“, sagt sie. „Louise ist deine Austauschschülerin.“ Sie hält Paul eine Liste unter die Nase und zeigt auf einen Namen. „Hier steht es: Louise Wilmington, Gastfamilie: Familie Hauser.“
„Don’t make such a noise, Paulie“, brummt Louise in Pauls Richtung. „I thought, wir wollten football together spielen und fun haben!“
„Ist doch klasse!“, jubelt Pauls kleine Schwester. „Ein Mädchen ist viel cooler! Du kannst bei mir schlafen, Louise!“
Conni grinst, als sie sich mit Mandy und Dina im Schlepptau an der kleinen Gruppe vorbeischiebt.

Etwas abseits von dem Trubel entdeckt sie Mama, Papa und Jakob.
„Hallo! Hier sind wir!“, ruft sie ihnen schon von Weitem zu. Sie bemerkt den erstaunten Ausdruck in den Augen ihrer Eltern, als die einen ersten Blick auf ihr künftiges Gastkind erhaschen. „Das ist Mandy!“, verkündet Conni und kann sich ein leises Kichern nicht verkneifen.
„Hi, nice to meet you, Mr and Mrs Klawitter“, sagt Mandy höflich und wedelt mit einer Hand. „And you must be Jakob“, sagt sie anschließend zu Jakob. „Am I right?“
„Yes, my name is Jakob“, antwortet Jakob. Seine Augen sind groß wie Suppenteller. „Du siehst cool aus!“
Alle lachen. Mandy strubbelt Jakob durchs Haar. „Thanks“, sagt sie. „Du aber auch!“
„Hattest du eine gute Reise?“, fragt Mama.
Mandy nickt. „It was alright“, sagt sie gähnend. „Ganz gut, only ein bisschen too long.“
Papa grinst. „Ich hol dann mal dein Gepäck.“ Er will sich schon umdrehen, aber Mandy hält ihn zurück. „Oh, I can hol es by myself“, sagt sie. „Ich only hab einen, wie sagt man in German? Taschenriese?“
„Taschenriese?“ Papa bleibt stehen.
„Ich glaube, sie meint eine Riesentasche“, sagt Conni grinsend.

Mandy nickt. „Yes, that's exactly, was ich meine: Riesentasche! Giant's bag. A funny word!" Sie lacht fröhlich und schiebt sich durch die Menge zum Gepäckfach des Busses. „I'll go and get it!", ruft sie über die Schulter zurück. „Just a second!"
Conni guckt zuerst Mama, dann Papa an. „Na? Wie findet ihr sie?"
„Sie scheint sehr nett zu sein", meint Mama.
„Hm, hm", brummt Papa. „Nett, ja."
Conni muss lachen und hakt sich bei ihm unter. „Du findest sie ziemlich ungewöhnlich, oder?"
„Ungewöhnlich nicht gerade", Papa kratzt sich am Kopf, „eher gewöhnungsbedürftig."
Conni gibt ihm einen Kuss. „Du wirst dich schon an sie gewöhnen!"
Papa nickt. „Wenigstens bringt sie ein bisschen Farbe ins Haus!"
Mandy hat ein riesiges, unförmiges Ungetüm auf dem Rücken, als sie zurückkommt. Den Strohhut hat sie in ein Seitenfach gestopft. Das Gewicht der Tasche scheint sie fast zu erdrücken. Ächzend lässt sie sie zu Boden plumpsen und reibt sich die Schultern.
„Das gehört mein großen brother", erklärt sie. „Daher es ist so much bigger denn normal. Oops." Sie deutet über Jakobs Kopf hinweg. „Da kommt mein teacher. Hello, Mr Brownstone!"

Mr Brownstone begrüßt die Familie und stellt sich vor.
„Is everything alright, Amanda?“, fragt er Mandy.
Die grinst breit. „Sure, Mr Brownstone.“
Frau Lindmann taucht neben Mr Brownstone auf. Sie mustert Mandy mit freundlichem Interesse und reicht Connis Eltern ein paar Zettel.
„Das sind Amandas Versicherungsunterlagen“, sagt sie. „Krankenkasse, Unfallversicherung und so weiter.“ Sie nickt Conni und Mandy zu. „Wir sehen uns morgen früh.“
Mandy wirft Conni einen Blick zu. „She’s got eyes like a reptile“, flüstert sie.
Conni nickt. „That’s why we call her Lindwurm“, flüstert sie zurück. „Lindwurm ist ein altes Wort für Drache.“ Sie überlegt kurz und übersetzt: „It’s an old word for dragon.“
Mandy lacht. „That’s cool!“
Auf dem Weg zum Auto treffen sie Billi und Anna mit ihren Austauschschülerinnen. Kate und Alisha winken Mandy fröhlich zu und begrüßen Conni und Dina. Anna reißt die Augen auf.
„Das ist Mandy?“, flüstert sie Conni zu.
Die nickt grinsend.
Billi ist total begeistert. „Hey, starke Frisur“, sagt sie zu Mandy. „Ob mir so ein Sidecut auch stehen würde?“

Anna wirft ihr einen beunruhigten Seitenblick zu. „Das meinst du nicht ernst, oder?“, fragt sie.
Billi zuckt mit den Schultern. „Warum nicht?“
„See you tomorrow morning“, verabschiedet sich Mandy von Kate und Alisha. Augenzwinkernd fügt sie hinzu: „They have a dragon-teacher, you know?“ Sie kichert über die entsetzten Gesichter ihrer Klassenkameradinnen, zieht den Strohhut hervor, setzt ihn auf und geht weiter, die dicke Tasche hinter sich herziehend. Papas Angebot, sie für sie bis zum Auto zu tragen, hat sie abgelehnt.
„No, danke schön, Mr Klawitter. Ich bin ein strong Mädchen!“, hat sie gesagt.
Als sie am Auto angekommen sind, verabschiedet sich Dina von allen. „Ich bin mit dem Rad hier“, sagt sie. „Es steht dahinten. Wir sehen uns dann morgen!“ Conni und Mandy winken ihr hinterher, während Papa die schwere Tasche in den Kofferraum hievt.
Auf der anderen Seite des Parkplatzes steht der Kombi von Herrn Hauser. Conni sieht gerade noch, wie Paul einsteigt und dabei ein Gesicht wie sieben Tage Regenwetter macht.
Louise sitzt auf dem Beifahrersitz und macht eine äußerst fröhliche Miene. Als sie Mandy sieht, kurbelt sie das Seitenfenster herunter und ruft „Good night, Mandy!“ quer über den Parkplatz.
Mandy schmettert ein ohrenbetäubendes „Sleep well,

Louis!“ zurück. Sie unterstreicht ihren Gutenachtwunsch mit einem schrillen Pfiff und lautem Lachen. Papa zieht den Kopf ein. „An die Lautstärke muss ich mich erst noch gewöhnen“, murmelt er.
„Das schaffst du schon“, muntert Mama ihn auf. „Du hast ja zehn Tage Zeit.“
„Fahren wir jetzt endlich nach Hause?“, quengelt Jakob von der Rückbank. „Es ist schon ganz schön spät und ich hatte noch kein Abendbrot!“
„Nicht nur du“, grummelt Papa vom Beifahrersitz.
„Me too“, sagt Mandy.
Mama legt den ersten Gang ein und lässt den Wagen langsam vom Parkplatz rollen.
„No problem“, sagt sie. „Das Essen steht zu Hause im Ofen und wartet auf uns!“

Ein geheimnisvolles Telefongespräch

Gleich nach dem Abendessen verschwinden Conni und Mandy in Connis Zimmer. Es ist schon spät und außerdem ist Conni neugierig, wie Mandy ihre Unterkunft gefällt.

„Well, das ist gemutlich!“, sagt Mandy anerkennend. Sie hat ihre Tasche mitten im Raum fallen lassen, den Hut auf die Fensterbank geworfen und schaut sich aufmerksam um. „Really gemutlich!“

„Das Bett am Fenster ist deins“, sagt Conni. „Hoffentlich hast du nichts dagegen, dass wir uns ein Zimmer teilen. Mama hat zuerst gemeint, du sollst ins Gästezimmer ziehen, aber das fand ich irgendwie blöd.“

„What is ‚blöd‘?“ Mandy runzelt die Stirn, während sie Mau krault.

„Stupid, silly ... something like that“, erklärt Conni schnell. Junge, Junge, denkt sie grinsend. Wenn das

so weitergeht, ist mein Englisch in zehn Tagen perfekt!
Auf dem Nachttisch neben Mandys Bett steht eine Vase mit einem kleinen Blumenstrauß. Jakob hat ihn eigenhändig gepflückt. Mama hat ein Täfelchen Schokolade danebengelegt und Papa einen deutsch-englischen Kinderkrimi.
Mandy freut sich. „Sieht aus, als ob ich habe Geburtstag today! Das ist so nice! Danke schön, vielen Dankeschön!"
Dann gähnt sie zweimal hintereinander. „Um wie viel Uhr müssen wir stehen auf tomorrow morning?"
„Um halb sieben", sagt Conni. „Aber wir haben morgen keinen richtigen Unterricht. Halb so schlimm also."
Frau Lindmann hat angekündigt, dass sie am ersten Tag mit ihren Gästen einen Spaziergang durch die Stadt machen wollen, um ihnen alles zu zeigen.
„We are going for a walk in the town", erklärt sie Mandy. Den englischen Begriff für Spaziergang hat sie extra gegoogelt.
„Das klingt very gemutlich." Mandy gähnt noch einmal und reibt sich die Augen.
Auch Conni merkt plötzlich, wie müde sie ist. Die Aufregung und das lange Warten machen sich bemerkbar.

„Ich zeig dir dann mal das Bad“, sagt sie zu Mandy. „The bathroom“, fügt sie hinzu.
Wenig später liegen die Mädchen in ihren Betten und erzählen sich gegenseitig etwas über ihre Familien und ihre Freunde.
Mandy beschreibt ihren Hund Harry, sein schwarzes Fell und seine klugen Augen, und all die Tricks und Kunststücke, die sie ihm beigebracht hat, seit er ein Welpe war. Ihre Stimme wird immer leiser und nuscheliger, bis sie nur noch murmelt und schließlich ganz verstummt.
Als Conni zu ihr rüberguckt, sieht sie, dass Mandy tatsächlich eingeschlafen ist. Sie knipst das Licht aus. „Good night“, flüstert sie in die Dunkelheit.
Von Mandy kommt nur ein leises Schnarchen. Seufzend rollt Conni sich auf die Seite und zieht die Decke bis ans Ohr.
Mandy scheint wirklich nett zu sein, denkt sie. Kein bisschen eingebildet oder blöd. Nein, richtig nett. Ich glaube, wir werden eine Menge Spaß miteinander haben.

Mitten in der Nacht wacht Conni auf. Etwas hat sie geweckt. Ein Geräusch oder eine Stimme. Ange-

spannt lauschend hält sie den Atem an. Ja, eindeutig: Da spricht jemand!
Sie reißt die Augen auf und starrt in das pechschwarze Zimmer. Ihr Herz pocht wie verrückt, als sie vor dem Fenster plötzlich einen Schatten wahrnimmt. Conni runzelt die Stirn. Mandy? Ihre Augen gewöhnen sich langsam an die Dunkelheit. Ja, Mandy steht vor dem Fenster. Es sieht aus, als würde sie telefonieren. Im blassen Mondlicht, das durch einen Spalt im Vorhang fällt, kann Conni sehen, dass sie ein Handy ans Ohr presst und gedämpft hineinspricht.
Conni kann kein Wort verstehen. Sie will schon etwas sagen, als sie es sich anders überlegt. Vielleicht kann Mandy nicht schlafen und hat eine Freundin angerufen? Obwohl ... mitten in der Nacht? Ihre Eltern hat Mandy gleich nach ihrer Ankunft angerufen, um ihnen zu sagen, dass sie gut angekommen ist. Die wird sie ganz bestimmt nicht nach Mitternacht noch einmal anrufen, nur um ihnen zu erzählen, dass sie Schlafstörungen hat.
Hm, echt merkwürdig. Conni kuschelt sich tiefer ins Kissen und gähnt lautlos. Aber eigentlich ist es Mandys Sache, mit wem sie um diese Uhrzeit telefoniert, denkt sie dann. Geht mich gar nichts an. Sie gähnt noch einmal und klappt die Augen wieder zu. Wenig später ist sie tief und fest eingeschlafen.

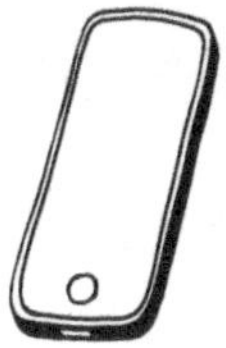

Am nächsten Morgen ist Conni noch vor dem Wecker wach. Sie steigt leise aus dem Bett und geht ins Bad. Auf dem Flur kommt ihr Mama entgegen. Sie hat ihren Morgenmantel an und einen Becher Kaffee in der Hand.
„Guten Morgen", lächelt sie. „Na, gut geschlafen?"
Conni nickt: „Spitzenmäßig! Mandy schläft noch."
Kein Wunder, fährt es ihr durch den Kopf. Immerhin hat sie die halbe Nacht telefoniert!
„Weck sie bitte gleich", sagt Mama. „Damit ihr nicht zu spät kommt." Sie nimmt einen Schluck Kaffee. „Mandy kann mein altes Fahrrad nehmen." Sie tappt ins Schlafzimmer, um Papa zu wecken. „Mach dich schnell fertig", sagt sie noch zu Conni, „und weck dann Mandy und Jakob. In einer Viertelstunde gibt's Frühstück!"
Jakob ist wesentlich leichter wach zu bekommen als Mandy, wie Conni wenig später feststellt. Während ihr kleiner Bruder schon vor dem Badezimmerspiegel steht und beim Zähneputzen Grimassen schneidet, dreht Mandy sich einfach auf die andere Seite und schnarcht seelenruhig weiter.

Conni rauft sich die Haare. „Wake up!“, sagt sie. „Wir kommen zu spät!“
Mandy grunzt etwas Unverständliches. Mit der Hand macht sie eine abwehrende Geste. „Let me sleep“, brummt sie ins Kissen. „I'm so tired.“
Tired? Von wegen! Conni zieht den Vorhang auf und lässt den hellen Sonnenschein herein. „Jetzt ist Schluss mit Schlafen!“, ruft sie. „Time for breakfast!“
„No, please“, jammert Mandy. „It's viel zu fruh!“
Geht doch, denkt Conni zufrieden, als die Engländerin sich kurz darauf umständlich aus dem Bett wühlt.
„Good morning“, sagt sie zu ihr. „Hast du gut geschlafen?“
„Morning“, kommt es nuschelnd zurück. „Yes, danke schön. I slept well. Very gemutlich.“
„Du kannst ins Bad, sobald Jakob fertig ist“, sagt Conni. „Frühstück gibt's unten.“
„Ich mag kein breakfast so fruh in the morning“, murmelt Mandy, während sie auf bloßen Füßen durchs Zimmer schlurft und ihre Siebensachen zusammensucht. „I'm not hungry.“
Conni steht in der Tür. „Aber wir frühstücken immer zusammen. Los, beeil dich! Es wird dir schon schmecken.“ Sie will sich gerade umdrehen, als ihr noch etwas einfällt: „Du kannst Mamas Rad nehmen. Bis zur Schule brauchen wir nur zehn Minuten.“
„What does ‚Rad‘ mean?“ Mandy fährt sich mit allen

zehn Fingern durch die verstrubbelten Haare und runzelt die Stirn.
„It means Fahrrad", sagt Conni. „Bicycle in English."
Mandy reißt die Augen auf. „Ich soll fahren mit die Fahrrad to school?", fragt sie entsetzt. „On a bike? Me?"
„Äh, ja. Warum nicht?", fragt Conni erstaunt zurück. „Was ist so schlimm daran? Den Bus nehm ich nur bei schlechtem Wetter."
„Wonderful", jammert Mandy. „Zuerst ich muss stehen auf viel zu fruh and now ich muss auch noch machen Sport before school! Are all Germans so crazy?"
„Wieso verrückt?" Conni lacht. „Was ist verrückt daran, bei schönem Wetter Rad zu fahren? Ich find's klasse!"
Endlich hat Mandy ihre Zahnbürste gefunden. Sie tippt sich damit an die Stirn. „Give me zehn Minuten und ich bin fit, okay?", sagt sie. „Dann ich kann vielleicht sogar fruhstucken und Fahrrad fahren."
Kopfschüttelnd schiebt sie sich an Conni vorbei aus dem Zimmer.
Conni muss grinsen. Was für ein Morgenmuffel!
„Good morning!", ruft Jakob, als er Mandy sieht. Aber die winkt nur wortlos mit ihrer Zahnbürste und wankt an ihm vorbei ins Bad.
Als Mandy nach zehn Minuten immer noch nicht

zum Frühstück erscheint, wird Conni langsam nervös.
„Wenn sie nicht bald runterkommt, hol ich sie", brummt sie. „Sonst schaffen wir's nicht mehr rechtzeitig. Gerade heute, wo wir den Ausflug in die Stadt machen", fügt sie hinzu.
Mama und Papa wechseln einen belustigten Blick.
„Du trödelst doch sonst auch ganz gern mal vor der Schule", meint Papa.
Conni hebt die Augenbrauen. „Das ist was ganz anderes", behauptet sie. „Das kann man überhaupt nicht miteinander vergleichen!"
Papa grinst und verschwindet hinter seiner Zeitung.
In diesem Moment kommt von der Treppe lautes Gepolter.
Kurz darauf ruft Mandy fröhlich: „Good morning, guys!"
Conni kippt vor Schreck fast ihren Kakaobecher um. Jakob kichert. Papa fährt erschrocken mitsamt seiner Zeitung herum.
Mandy steht vor dem Frühstückstisch und strahlt mit der Sonne um die Wette. Sie trägt Turnschuhe und abgeschnittene Jeans, dazu ein T-Shirt mit einem grinsenden Piratenkopf. Ihre Frisur wirkt noch stachliger als am Vortag. Ihre Ohrringe blitzen in der Sonne auf.
Conni staunt, als Mandy sich neben sie setzt und

nach dem Brötchenkorb greift. Keine Spur mehr von Morgenmuffligkeit!
„Was für ein schöner morning!", ruft Mandy. Sie knufft Jakob in die Seite. „Isn't it, little one?"
Jakob verschluckt sich. Mandy klopft ihm fröhlich lachend mit der Hand auf den Rücken.
„Ich glaub, wir müssen los", mischt Conni sich ein. „Du kannst dein Brötchen ja unterwegs essen."
Mandy runzelt die Stirn, dann klappt sie ihre Brötchenhälfte in der Mitte zusammen und schiebt sie sich kurzerhand in den Mund. Noch während sie kaut, spült sie mit einem großen Schluck Kakao hinterher.
„I'm ready", sagt sie und wischt sich mit dem Handrücken über den Mund. „Ich haben dir doch gesagt, dass ich am fruhen Morgen noch nicht bin very hungry. So, let's go!" Sie steht auf, strubbelt Jakob durchs Haar und winkt Mama und Papa zu: „See you later, Familie!"
Mama und Papa winken sprachlos zurück.
„Bye-bye!", ruft Jakob.

Lipgloss und Lakritzstreusel

Ohne zu murren, schwingt Mandy sich auf Mamas Hollandrad und versprüht weiterhin gute Laune. Sie zeigt nach rechts und links, stellt Fragen und staunt darüber, dass die Autos und Fahrräder in Deutschland auf der falschen Straßenseite fahren, ohne dass es deswegen ständig zu Unfällen kommt.
Als sie an einer Bushaltestelle vorbeiradeln, an der ein paar wartende Kinder die Fahrpläne studieren, lacht Mandy: „What is that?“
Conni erklärt es ihr.
„What? Du meinst, auf den timetables stehen die Uhrzeiten, zu denen Bussen fahren? Und die Bussen kommen dann zu diesen Uhrzeiten? Really?“
„Ja, klar“, nickt Conni. „Da kann man sich schon drauf verlassen. Meistens jedenfalls“, fügt sie hinzu.
Mandy schüttelt ungläubig den Kopf. „Bei uns wir stellen uns einfach hin und warten, bis die Bus

comes. Most of the time man weiß nicht sehr genau, wann das sein wird.“ Sie lacht. „Aber dafür die Bussen fahren ziemlich oft, sodass man immer einen abkriegt.“

Ein Stück voraus sieht Conni auf dem Radweg plötzlich Paul und Louise.

Paul ist auf seinem Mountainbike ziemlich schnell unterwegs. Die arme Louise hat auf seinem alten Rad ohne Gangschaltung sichtlich Mühe, ihm zu folgen. An der letzten Steigung vor der Schule kapituliert sie und steigt ab, um zu schieben.

Conni und Mandy holen sie mühelos ein und lassen ihre Räder ausrollen.

„Guten Tag!“ Louise nickt ihnen freundlich zu. „Sie beiden haben sehr schöne Fahrräder. Wo kommen Sie beiden denn her, bitte schön?“

Conni grinst über Louises lustiges Deutsch. In der Hoffnung, dass ihr Englisch wenigstens ein kleines bisschen besser klingt, erwidert sie: „Hello, Louise. Nice to see you. We are coming from home and we are on our way to school.“

Mandy und Louise lachen.

„Hey, that's nice“, meint Louise. „Your English is pretty good! – Much better than Paulie's“, fügt sie grinsend hinzu.

„Das ist ja cool!“, sagt Conni stolz.

Nur schade, dass der Lindwurm das nicht gehört hat,

denkt sie bei sich. Mein Englisch scheint gar nicht so schlecht zu sein.
Wie bei ihrer Ankunft trägt Louise ein viel zu großes Fußballtrikot, allerdings von einer anderen Mannschaft als am Vorabend. „Arsenal F. C. London“ steht auf ihrem Rücken und die Nummer 10.
Wie blöd, dass Paul sich so albern anstellt, überlegt Conni. Nur weil Louise ein Mädchen ist! Sie scheint wirklich ein großer Fußballfan zu sein. Bestimmt hätten sie sich eine Menge zu erzählen. Aber vielleicht beruhigt er sich ja noch. Er hat schließlich zehn Tage Zeit, um sich an die Tatsache zu gewöhnen, dass es auch fußballbegeisterte Mädels gibt!
Als der Radweg flacher wird, schwingen die Mädchen sich wieder auf ihre Räder.

Mandy und Louise fahren nebeneinanderher und unterhalten sich leise auf Englisch. Conni schnappt das Wort „homesick“ auf und runzelt die Stirn. Heimweh? Merkwürdig. Keins der beiden Mädchen macht auf sie den Eindruck, als hätte es Heimweh. Im Gegenteil: Mandy und Louise plappern und kichern ohne Unterlass und wirken total happy!
Hm, wahrscheinlich hab ich mich verhört, denkt Conni. So perfekt ist mein Englisch ja nun wirklich noch nicht, dass ich jedes einzelne Wort verstehe.
Während sie auf den Schulhof rollen und nach ein

paar freien Plätzen im Fahrradständer Ausschau halten, ertönt ein lauter Ruf: „Huhu, Conni! Hier sind wir!“

Conni wirft den Kopf herum und sieht Anna, Billi, Dina, Alisha und Kate auf dem Schulparkplatz stehen. Sie winken hektisch und rufen: „Der Bus ist schon da! Beeilt euch!“

Conni winkt zurück.

„Zwei Minuten!“, ruft sie. „Haltet uns drei Plätze frei!“

Schnell schiebt sie ihr Mountainbike in einen freien Ständer und schließt es mit Mandys und Louises Rädern zusammen. „We are late. We have to hurry“, erklärt sie. „The bus is waiting for us!“

Im Laufschritt traben sie quer über den Schulhof auf den wartenden Schulbus zu.

Der Lindwurm steht etwas abseits neben Mr Brownstone und dem Busfahrer und achtet nicht auf sie. Puh, so ein Glück! Conni atmet erleichtert auf. Der Lindwurm hasst Unpünktlichkeit und kann ziemlich ungemütlich werden!

Paul, Phillip und dessen Gastbruder Toby stehen neben der offenen Bustür. Phillip schaut lächelnd von seinem Handy auf. „Hallo, Conni!“, sagt er, bevor er Mandy einen interessierten Blick zuwirft.

„Hallo, Phil“, erwidert Conni. Sie nickt Toby und Paul zu. Paul starrt Mandy an, ohne etwas zu sagen.

„Wow!“, flüstert Mandy Louise zu. „Phil ist eine hübsche boy, isn't he?“
„Yes, he is“, flüstert Louise beeindruckt zurück.
Conni rollt mit den Augen und klettert an den Jungs vorbei in den Bus. Dass Phillip auf Mädchen aber auch immer solche Wirkung haben muss!
Als Mandy den schmalen Gang entlangschlendert, geht ein Raunen durch die Reihen. Janette, Ariane und Saskia unterbrechen ihr Geplapper und starren sie ungläubig an.
Janette findet als Erste ihre Sprache wieder.
„Aus welchem Zoo ist die denn ausgebrochen?“, zischt sie gehässig.
Mandy bleibt vor ihr stehen und stemmt die Hände in die Hüften. Sie kneift die Augen zusammen und faucht wie eine Wildkatze. Janette zuckt erschrocken zurück.
„Ich komme aus die Zoo von Brighton, du potato“, knurrt Mandy grimmig.
„Und sie mag es sehr, zu fressen blonde girls“, fügt Louise hinzu.
Conni hat Mühe, nicht laut loszuprusten. Janettes Gesicht ist einfach zu schön! Schnell schiebt sie die beiden Engländerinnen an den erstarrten Mitschülerinnen vorbei den Gang entlang.
Anna, Billi, Dina, Alisha und Kate sitzen in der letzten Reihe und winken. Billi hüpft auf ihrem Sitz auf

und ab. Sie hat die Plätze vor sich mit Rucksäcken und Jacken blockiert.
„Schnell! Beeilt euch!", ruft sie. „Bevor die Jungs kommen!"
Conni, Mandy und Louise drücken sich weiter durch den schmalen Gang nach hinten und lassen sich auf die Polster fallen.
„Klasse!", sagt Conni. „Danke fürs Freihalten!"
„No problem", grinst Billi. „You're welcome!"
Der Bus ist fast bis auf den letzten Platz besetzt. Mandy und Louise winken ihren Klassenkameraden zu und beantworten ein paar laute Zurufe. Conni versteht kein Wort.
Wahnsinn, denkt sie. Ob es denen auch so geht, wenn wir uns untereinander auf Deutsch unterhalten?
Sie sieht, dass Phillip, Paul und Toby sich weiter vorn auf die letzten freien Plätze quetschen. Paul scheint es überhaupt nicht für nötig zu halten, sich um seine Gastschwester zu kümmern!
Macht nichts, denkt Conni. Dann kümmern wir uns eben um Louise.
Frau Lindmann und Mr Brownstone gehen langsam die Reihen entlang und zählen durch.
„Ah, da sind ja auch unsere Nachzügler", begrüßt die Klassenlehrerin Conni, Mandy und Louise. „Good morning, girls!"

„Good morning, Mrs Lindmann“, erwidern die drei im Chor.
Der Lindwurm überreicht Mandy und Louise zwei kleine, bedruckte Plastikkarten.
„Das sind Schulausweise“, erklärt sie. „Damit kommt ihr während eures Aufenthalts billiger ins Schwimmbad und ins Kino und könnt Wochenkarten für den Bus kaufen. Sie sind schon ausgefüllt und abgestempelt. Ihr müsst nur noch unterschreiben. Verliert sie bitte nicht.“ Sie dreht sich um und geht wieder nach vorn.
Mandy und Louise wenden die Ausweise neugierig hin und her.
„Look at that!“, staunt Louise. „An authentic German passport!“
„That's cool!“ Mandy macht ein beeindrucktes Gesicht. „And I can use it für alles und überall?“
„Yes, almost“, bestätigt Conni. „You only have to ... Mist!“, unterbricht sie sich selbst. „Weiß von euch zufällig jemand, was unterschreiben auf Englisch heißt?“, fragt sie in die Runde.
„Nö“, sagt Anna.
„Ich auch nicht“, murmelt Dina.
„To sign!“, ruft Billi. „You have to sign it!“
Alle lachen.
„Okay!“ Mit einer triumphierenden Geste zückt Mandy einen Kugelschreiber. „Let's do it!“

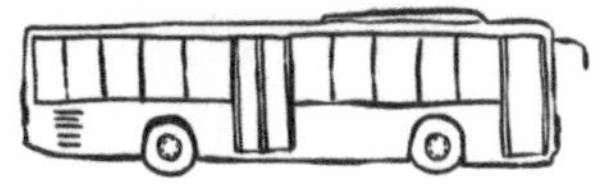

Wenig später rollt der Schulbus vom Parkplatz des Lessing-Gymnasiums. Conni lehnt sich entspannt zurück.
Das ist hundertmal besser als Schule, denkt sie zufrieden. Nee, tausendmal besser sogar!
Anna starrt die ganze Zeit auf Mandys stachligen Hinterkopf. Sie beugt sich nach vorn und flüstert Conni zu: „Sag mal, wie ist die denn so?“
„Total klasse“, flüstert Conni zurück.
„Aber sie sieht so ... so anders aus“, murmelt Anna. „Alle starren sie an.“
„Na und?“, raunt Conni ihr zu. „Wennschon. Mandy ist, wie sie ist. Ihr Aussehen ist doch absolute Nebensache, oder?“
„Klar“, sagt Anna. „Da hast du recht.“
Frau Lindmann nutzt die kurze Fahrt, um auf die wenigen Sehenswürdigkeiten der Stadt hinzuweisen. Die Austauschschüler machen neugierige Gesichter und wenden die Köpfe hin und her, damit ihnen ja nichts entgeht.
„Look at that!“, ruft Mandy immer wieder. „That’s so nice!“
Sie hat ihr Handy aus der Tasche gezogen und fotografiert so ziemlich jedes einzelne Gebäude, an dem sie vorbeikommen, und jeden zweiten Baum. Dazu noch fast jeden Hund, der auch nur entfernte Ähnlichkeit mit ihrem Harry hat.

Conni hat Mandy großzügig den Fensterplatz überlassen und wundert sich über deren Begeisterung. Sie selbst findet es ein bisschen langweilig, durch eine Stadt zu fahren, die sie in- und auswendig kennt. Trotzdem spitzt sie die Ohren, als Frau Lindmann zum Mikrofon greift und wie eine Fremdenführerin auf die wichtigsten Stationen hinweist, die sie passieren: das alte Rathaus mit dem Marktplatz, das Dichterdenkmal, die Bücherei ... Zu jedem einzelnen Bauwerk erzählt Frau Lindmann etwas – und zwar auf Englisch!
Als der Bus schließlich stoppt, bittet Frau Lindmann noch einmal um Aufmerksamkeit: „Ihr dürft die Stadt jetzt auf eigene Faust erkunden. Bildet kleine Gruppen und bleibt zusammen. Wir treffen uns in zwei Stunden hier an der Haltestelle."
„Klasse!", meint Conni. Sie schiebt sich mit den anderen ins Freie. Draußen bleiben sie stehen und strecken sich.
„Mir ist vom Sitzen der Hintern eingeschlafen", jammert Anna.
Alisha runzelt die Stirn. „What does ‚Hintern' mean?", fragt sie interessiert.
Ein zartrosa Schimmer überzieht Annas Wangen. „I'm sorry", sagt sie, „but I don't know the English word for it."
Billi kommt ihr zu Hilfe. „Bottom, backside, behind",

sagt sie wie aus der Pistole geschossen. Sie grinst, während sie demonstrativ mit dem Po wackelt.
Alisha lacht: „Ah, I see! Danke, your English is nearly perfect!"
„Not at all", wehrt Billi bescheiden ab. „Überhaupt nicht."
„Und, what are we going to do mit unsere freie Zeit nun?", mischt Kate sich ein. Sie macht ein unternehmungslustiges Gesicht.
„Wir machen einen Stadtbummel!", sagt Billi und übersetzt gleich: „We are going for a stroll."
„Wollen wir nicht vorher bei Angelo ein Eis essen?", schlägt Conni vor. „Ich hätte echt Lust auf einen Schokoeisbecher mit Sahne und Streuseln!"
„Um diese Uhrzeit?" Anna nimmt ihre Brille ab und poliert sie mit einem Zipfel ihres T-Shirts. „Ich hab gerade erst gefrühstückt!"
„Na und?", meint Conni. „Eis schmeckt zu jeder Tageszeit!"
„Oh ja!", sagt Dina begeistert.
„Great idea!", ruft Mandy. „Ich liebe ice cream! Aber was ist ‚Streuseln'?"
„I will show you", sagt Conni. „Just wait and see!"
Fröhlich machen sie sich auf den Weg zu dem kleinen Eiscafé, das – wie Dina steif und fest behauptet – mehr als vierzig verschiedene Eissorten im Angebot haben soll.

„So ein Unsinn", meint Anna. „So viele verschiedene Geschmäcker gibt's doch gar nicht!"
Dina zuckt mit den Schultern. „Wir werden's ja sehen."
Als sie an einem Drogeriemarkt vorbeikommen, bleiben die Engländerinnen stehen und wühlen in den Grabbelkörben, die vor der Eingangstür aufgestellt sind.
„Hey! Look, was ich habe gefunden!", ruft Mandy. Sie hält ein kleines rosafarbenes Döschen in die Höhe.
„Lipgloss with raspberry-taste!"
Lipgloss mit Himbeergeschmack? Conni verzieht das Gesicht.
Sie hat ein paar lustig gestreifte Haargummis zum Sonderpreis entdeckt und geht in den Laden, um zu bezahlen. Mandy folgt ihr mit dem Lipgloss-Döschen.

Anna fragt an der Kasse nach Gratisproben. Die Verkäuferin nickt freundlich und füllt eine kleine Plastiktüte mit verschiedenen Duft- und Cremepröbchen.
„Die war aber nett", meint Dina, als sie wieder draußen sind und Annas Beute begutachten.
„Ihr dürft euch was aussuchen", sagt Anna großzügig.
Im Handumdrehen sind die Schätze verteilt.
Mandy hebt die Hand: „And what about our Eiskrem mit Streuseln?"

Conni lacht. „Hey, Mandy, dein Deutsch wird immer besser! Los, kommt!", ruft sie und läuft schon voraus. „Wer zuerst da ist!"
Das lassen sich die anderen nicht zweimal sagen: Lachend stürmen sie in die Fußgängerzone und erreichen außer Atem das kleine Café am Marktplatz, das mit einer bunt gestreiften Markise, hübschen Korbtischen und dazu passenden Stühlen zum Draußensitzen einlädt.
Die Mädchen lassen sich prustend auf die Polster fallen. Am Nachbartisch stecken drei ältere Damen die Köpfe zusammen und mustern Mandy argwöhnisch, aber die scheint es gar nicht zu bemerken. Sie streckt die Beine aus und gähnt herzhaft.
„Da, seht ihr?" Dina deutet auf ein großes Schild: „Vierzig verschiedene Eissorten!"
„Unglaublich!", staunt Anna. „Da weiß man ja gar nicht, wo man anfangen soll!"
„Also, ich bleibe meinem Schokobecher treu", meint Conni. „Mit Streuseln natürlich", fügt sie hinzu.
„Das nehm ich auch", sagt Mandy. „I want to try German Streuseln!"
Als die Kellnerin kommt, bestellt Conni zwei große Schokobecher. Anna, Billi, Kate und Alisha wählen die exotische Variante mit tropischen Früchten und Sahne. Dina und Louise beweisen Mut und bestel-

len eine der neusten Kreationen: Holunder-Pfefferminz-Kiwi-Eis mit Lakritzstreuseln.
„Lakritzstreusel?“ Anna rutscht fast die Brille von der Nase.
Dina kichert. „Warum denn nicht? Ist doch mal was anderes!“
„Das kannst du laut sagen!“ Billi schüttelt sich.
Mandy lehnt sich zurück und blinzelt in die warme Herbstsonne. „Wann müssen wir go back to the bus?“, fragt sie schläfrig.
Anna schaut auf ihre Uhr. „Wir haben noch fast eine ganze Stunde Zeit.“
„That is wunderbar“, murmelt Mandy. „Und so gemutlich!“
Conni lächelt verträumt.
Sonnenschein und Eisessen statt Schule und Hausaufgaben, denkt sie, während sie sich einen Berg Sahne in den Mund schiebt und ihn auf der Zunge zergehen lässt. Oh ja, that is really wunderbar!

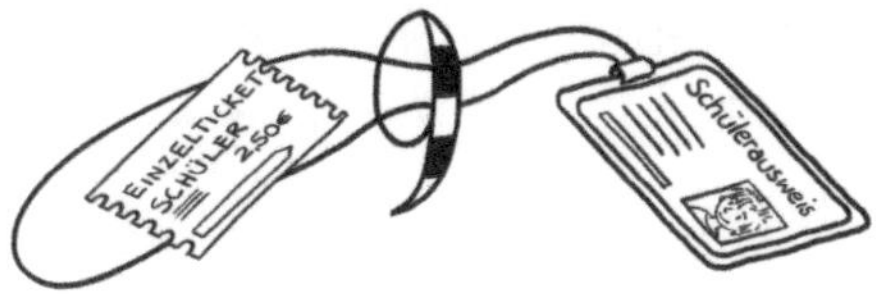

Mandy in Not

Am Nachmittag hat Mandy mit ihrer Klasse Deutschunterricht in einem Sprachinstitut in der Stadt. Papa will sie nach dem Mittagessen mit dem Auto dorthin mitnehmen.

„Das passt prima“, meint er. „Ich habe ganz in der Nähe einen Termin.“

„Aber wie soll sie zurückkommen?“, fragt Mama. „Ich muss gleich wieder in die Praxis. Mein Nachmittag ist proppevoll.“

„Das ist überhaupt no problem“, winkt Mandy ab. „Ich nehm die Bus. Ich mag es, in deutschen Bussen zu fahren. Die sind so gemutlich, you know?“

Conni nickt und grinst.

Mama wiegt den Kopf. „Also, ich weiß nicht, Mandy“, sagt sie zögernd, „so ganz allein mit dem Bus? Du kennst dich doch noch gar nicht bei uns aus.“

„Das schafft sie schon“, sagt Conni überzeugt. „Sie ist ja nicht blöd!“

Mandy wirft ihr einen dankbaren Blick zu.
„Die Haltestelle ist direkt vor der Sprachenschule." Conni zeigt Mandy den Fahrplan auf dem Handy und erklärt ihr die einzelnen Haltestellen. „Hier, siehst du? Du nimmst die Linie 5, dann kann gar nichts schiefgehen. Du steigst an der Schule ein und fährst sechs Haltestellen mit. Du musst nur aufpassen, dass du rechtzeitig aussteigst. Wann ist der Sprachkurs denn zu Ende?"
„About half past three."
„Halb vier? Gut, dann nimmst du am besten den Bus um zwanzig vor. Bis zu uns braucht der ungefähr zwanzig Minuten. Ich hol dich hier an der Haltestelle ab, okay? Du siehst mich dann schon."
„Okay", murmelt Mandy. „Ich schaffe das!"
„Na klar", meint Conni. „There's no doubt about it!"
„Hä?" Jakob zieht die Stirn kraus. „Was heißt das denn?"
„Daran besteht kein Zweifel", sagen Conni und Mandy wie aus einem Munde. Sie gucken sich an und lachen.
„No doubts at all", fügt Conni grinsend hinzu. „Keinerlei Zweifel!"

Am Nachmittag ist Conni mutterseelenallein. Papa und Mandy sind auf dem Weg in die Stadt, Mama hat Sprechstunde in der Kinderarztpraxis und Jakob ist beim Turnen. Das Haus ist ungewohnt still und leer.
Um wenigstens etwas zu tun zu haben, wäscht Conni das Geschirr ab, füllt Kater Maus Fressnapf und sortiert schließlich sogar noch Zeitschriften für die Altpapiersammlung.
Ihr ist furchtbar langweilig zumute und sie stellt fest, dass es ganz schön öde ist ohne Mandy und ihre lebhafte, fröhliche Art. Sogar Mau streift durchs Haus, als würde er Mandy vermissen. Conni überlegt gerade, ob sie nicht vielleicht Anna, Billi oder Dina anrufen soll, da fällt ihr ein, dass die Freundinnen schon etwas vorhaben: Anna hat Reitunterricht, Billi hat erzählt, dass sie zum Zahnarzt muss, und Dina ist in der Kunst-AG in der Schule.
Na toll! Conni seufzt noch einmal. Vor ihr liegt also ein langer, öder und einsamer Nachmittag.
Missmutig geht sie hinauf in ihr Zimmer und guckt sich um. Mandy scheint nicht nur ein Morgenmuffel zu sein, sondern auch eine ausgesprochene Chaotin: Überall liegen ihre Sachen verstreut. Man kann kaum noch was vom Teppich sehen!
Conni bahnt sich einen Weg durch die herumliegenden Klamotten, legt den ausgefransten Strohhut auf

einen Stuhl und wirft sich aufs Bett. Dann nimmt sie ihr Tagebuch aus der Nachttischschublade und blättert ein bisschen darin herum.
Als ihr Blick auf das Foto von Mandy fällt, muss sie lachen. Da sah sie noch richtig normal aus – keine Spur von ausrasierten Schläfen!
Sie blättert eine neue Seite auf und fängt an zu schreiben:

Jetzt sind die englischen Mädchen und Jungs schon einen Tag und eine Nacht bei uns. Moment! Korrekt muss man „Britinnen und Briten" sagen, meint der Lindwurm.
Mandy ist echt supernett. Ich hab das Gefühl, sie schon ganz lange zu kennen. Merkwürdig, oder?
Ich weiß doch noch gar nichts über sie, außer dass sie Mandy heißt, gleich alt ist und einen Hund namens Harry hat. Obwohl ihr Deutsch fast sogar noch schlechter ist als mein Englisch (echt wahr!), verstehen wir uns gut und haben (fast) keine Verständigungsprobleme.
Heute waren wir mit der Gastklasse in der Stadt. Eigentlich sollten wir unseren engli... – sorry! – unseren bri-

tischen Gastschülern alles zeigen. Wir haben aber lieber gemütlich Eis gegessen.
Paul kümmert sich kein Stück um Louise. Ich finde das total bescheuert von ihm, aber wahrscheinlich hat er den Schock noch nicht überwunden, dass er als einziger von den Jungs ein MÄDCHEN (!) abgekriegt hat! Hihi, macht aber nichts. Wir kümmern uns um Louise. Auf diese Weise hat Dina jetzt nämlich auch eine Austauschschülerin.
Ich glaube allerdings, dass Louise viel lieber mit Paul und den anderen Jungs Fußball spielen würde.

Conni wirft einen Blick auf die Uhr. Schon kurz nach halb vier. Dann ist Mandys Sprachkurs inzwischen zu Ende.
Sie legt Stift und Tagebuch in die Schublade zurück und holt stattdessen eine kleine Kristallkugel hervor. Als Conni sie ins Licht hält, bricht sich ein Sonnenstrahl darin und lässt den Kristall in allen Farben des Regenbogens funkeln.
Conni lächelt. Sie hat die Kugel in einem dunklen Wald gefunden, nachts. Sie hatte sich verlaufen und konnte den Weg zum Jugendcamp nicht mehr finden. Aber Phillip hat sie gesucht und gerettet und ...

Tüdelüdelü! Der Klingelton ihres Handys reißt sie aus den Träumen.
„Hier ist Conni. Wer ist da?“, meldet sie sich.
Aus dem Hörer kommt ein leises Schluchzen.
„Hallo?“, sagt Conni noch einmal. „Wer ist denn da?“
„It's me ...“, schluchzt jemand. „Help me, Conni ... please, help me ... It's urgent! I need your help, Conni! Please come and get me out of here!“
„Mandy?“, fragt Conni beunruhigt. „Bist du das? Ist was passiert?“ Sie umklammert den Hörer so fest, dass ihre Knöchel weiß hervortreten. „Mandy! Sag was!“
Sie hört lautes Schniefen, eine Nase wird geräuschvoll geputzt, dann sagt eine zitternde Stimme: „I'm in trouble. I don't know what to do. I don't understand a word. Please, Conni, you must help me!“
„Moment mal, ganz ruhig“, sagt Conni. Sie ist sich jetzt sicher, dass Mandy am Telefon ist. Aber was ist nur passiert? Sie hört sich so schrecklich aufgeregt an!
Conni atmet tief durch, dann zählt sie leise bis zehn und fragt mit fester Stimme: „Was ist los, Mandy? Wo bist du? Hast du den Bus verpasst? Hattest du einen Unfall?“
Vom anderen Ende kommt nur ein leises Wimmern. Fieberhaft sucht Conni nach den richtigen Worten.

„What happened, Mandy?“, fragt sie eindringlich. „Where are you? Did you miss the bus? Are you hurt?“

„No, I'm not hurt. Ich war in die Bus“, schnieft Mandy. „Aber dann two men came and asked me to ...“

„Zwei Männer?“, unterbricht Conni sie. Ihre Stimme überschlägt sich fast. „Was für Männer?“

„I don't know“, sagt Mandy leise. „They wanted to see my ticket.“

„Sie wollten dein Ticket sehen?“ Conni zieht die Augenbrauen zusammen. „Ach so!“ Sie schlägt sich mit der flachen Hand an die Stirn. „Deine Fahrkarte!“

„Yes, yes!“, sagt Mandy aufgeregt. „That's what they said: ‚Die Fahrkarte, bitte!‘“

„Ja, und?“ Conni reibt sich die Nase. Eine Fahrscheinkontrolle ist doch noch lange kein Grund, gleich hysterisch zu werden!

„But I didn't have a Fahrkarte!“, ruft Mandy ins Telefon.

Conni zuckt zusammen.

„Wieso das denn?“, fragt sie. „Ich hab dir doch erklärt, dass du beim Busfahrer eine Fahrkarte kaufen musst!“

„Ich habe das vergessen“, murmelt Mandy. „I showed them meinen Schulausweis anstatt die Fahrkarte.“

Conni schluckt.

„Conni? Are you still on the phone?“, kommt es von Mandy.

„Yes“, sagt Conni schnell. „Ich bin noch dran. Moment … du hast den Kontrolleuren statt einer Fahrkarte deinen Schülerausweis gezeigt?“

„Ahm, I think so … yes.“ Mandy räuspert sich.

Ach herrje! Mandy ist beim Schwarzfahren erwischt worden! Conni lehnt sich an die Wand und schließt kurz die Augen. Na, das ist ja ganz toll!

„Where are you now?“, fragt sie langsam.

„At the Busbüro an die Bahnhof“, erwidert Mandy. „They say, ich darf nicht weg, bevor ich bezahle den Strafgeld.“

Conni bemüht sich, ihrer Stimme einen zuversichtlichen Klang zu geben. „Mach dir keine Sorgen, Mandy. Ich ruf Mama und Papa an und dann holen wir dich gleich ab, okay?“

„You'll come and get me out of here?“ Mandy atmet hörbar aus. „But please hurry!“

„Ja, wir beeilen uns“, verspricht Conni. „Wir sind in zehn Minuten bei dir. Ten minutes, okay?“

Mandy flüstert: „Don't forget das money!“

Obwohl ihr nicht danach zumute ist, muss Conni grinsen. „Ja klar. Wir bringen genug Geld mit. Bis gleich! Don't worry!“

Sie legt auf und wählt sofort Papas Nummer im Büro. Himmel!, denkt sie, während sie auf das Freizeichen lauscht. Das darf ja wohl alles nicht wahr sein!

In der Firma meldet sich Papas Kollegin: „Hallo,

Conni. Nein, tut mir leid, dein Vater hat einen Termin im Bauamt. Vor sechs erwarte ich ihn nicht zurück. Soll ich etwas ausrichten?"
„Nein, vielen Dank. Ich melde mich später noch mal."
Conni legt auf. So ein Mist! Sie wählt Mamas Praxisnummer. Besetzt! Und ans Handy geht sie nicht. Das ist ja wie verhext!
Conni schnappt sich ihr Handy und den Geldbeutel, nimmt den Fahrradhelm von der Garderobe, setzt ihn im Laufen auf und klickt ihn unter dem Kinn zu. Sekunden später flitzt sie auf ihrem Mountainbike die ruhige Wohnstraße entlang und biegt in den Ahornweg ein, bevor sie in halsbrecherischem Tempo die Fürst-Pückler-Allee überquert. Erst als sie den Busbahnhof sieht, wird sie etwas langsamer. Das kleine Gebäude der Verkehrsbetriebe sieht verlassen aus. Keine Spur von Mandy.
Conni reißt sich den Helm vom Kopf, kettet ihr Fahrrad an eine Laterne und stürmt die paar Stufen zur „Verwaltungsstelle der Städtischen Verkehrsbetriebe" hinauf, wie sie im Vorbeilaufen auf einem weißen Schild ablesen kann.
In einem kleinen Vorraum bleibt sie atemlos stehen. Und nun?
Verwirrt sieht sie sich um. Ein junger Mann mit zwei Aktenordnern unter dem Arm kommt aus einem Zimmer.

Conni fasst sich ein Herz: „Entschuldigung. Können Sie mir vielleicht sagen, wo die Abteilung für Schwarzfahrer ist?"
Der junge Mann mustert sie von oben bis unten. Conni spürt, dass sie rot wird.
„Wenn du ein nachträgliches Beförderungsentgelt entrichten möchtest", sagt der junge Mann, „kannst du direkt in den Kassenraum gehen."
Nachträgliches Beförderungsentgelt? Hilfe! Was soll das denn heißen?
Conni räuspert sich. „Nein, nein", sagt sie schnell. „Ich möchte nur jemanden abholen."
„Versuch's mal im Sekretariat, Zimmer 22", sagt der junge Mann knapp. Ohne ein weiteres Wort dreht er sich um und verschwindet hinter einer der Türen.
„Danke", murmelt Conni.
Vor Zimmer 22 steht ein Schild: „Bitte anklopfen und warten!"
Conni klopft an und wartet. Nichts geschieht.
Sie klopft noch einmal, diesmal etwas energischer.
„Ja, bitte?", ertönt eine gedämpfte Stimme.
Vorsichtig öffnet Conni die Tür und späht in den Raum. An einem Schreibtisch, halb verdeckt von einem Monitor und einer Grünpflanze, sitzt eine rothaarige Frau. Sie mustert Conni über den Rand ihrer Brille.

„Entschuldigung, ich wollte ...“, setzt Conni höflich an. Weiter kommt sie nicht.
„Conni!“, ertönt ein lauter Aufschrei. „Is that you?“
„Mandy!?“
Mit einem Satz ist Conni im Zimmer.
Mandy sitzt auf einem Holzstuhl am Fenster. Als sie Conni sieht, springt sie so abrupt auf, dass der Stuhl umkippt.
„Conni!“, schluchzt Mandy. Sie fällt Conni um den Hals.
„Mandy“, stammelt die. „Nun beruhige dich doch erst mal.“
In ihrer Jeansjacke findet Conni ein etwas ramponiertes Papiertaschentuch, aber immerhin ist es sauber und unbenutzt. Sie reicht es Mandy. „Putz dir erst mal die Nase. Du siehst echt zum Fürchten aus!“
„I know.“ Mandy schnäuzt geräuschvoll in das Taschentuch, aber wenigstens bringt sie dabei so etwas wie ein kleines Lächeln zustande, wie Conni erleichtert feststellt.
„Kann ich dir behilflich sein?“, fragt die Dame hinter der Grünpflanze.
Conni fährt herum.
„Ähm, ja, hoffentlich“, stottert sie. „Also, es ist so ...“
Verflixt, bleib ruhig!, schimpft sie mit sich selbst.
„Mein Name ist Conni Klawitter“, sagt sie. Ihr Herz klopft wie verrückt. „Mandy ist meine Austausch-

schülerin. Sie kommt aus Großbritannien und wurde beim Schwarzfahren erwischt. Ich will sie abholen."
Ihre Stimme zittert ein bisschen. Kein Wunder, denkt Conni. Bei dem Stress!
Sie atmet tief ein und zwingt sich zur Ruhe.
„Hm, stimmt." Die Dame nimmt ein Blatt Papier in die Hand und mustert es. „Gegen deine Freundin liegt eine Anzeige vor. Das erhöhte Beförderungsentgelt beträgt vierzig Euro." Sie hebt den Blick.
„Vierzig Euro?" Conni reißt die Augen auf.
Mandys Lippen zittern gefährlich.
„Vierzig Euro", wiederholt die Dame. „Ich habe es deiner Freundin schon erklärt, aber sie hat mich wohl nicht richtig verstanden."
„Ich hab aber keine vierzig Euro!" Das darf ja wohl nicht wahr sein!, denkt Conni und fügt verzweifelt hinzu: „Und außerdem ist Mandy nicht absichtlich schwarzgefahren! Sie dachte, dass ihr Schulausweis auch als Busfahrkarte gilt. Vielleicht ist das in England so?"
„Tja, das ist dumm", sagt die Sachbearbeiterin. „Aber gegen die Vorschriften bin ich leider machtlos." Sie wirft Mandy einen mitleidigen Blick zu. „Tut mir leid."
„Ich geh mal schnell telefonieren", sagt Conni zu Mandy. „Ich bin gleich wieder da!"
„Don't leave me alone!", jault Mandy auf.

„I'll be back in a second", antwortet Conni. „I just want to call my mum, okay? She will help us."

Mandy nickt. „Okay. Please hurry."
Conni schlüpft aus dem Zimmer in den Flur und wählt mit zitternden Fingern die Durchwahlnummer in der Praxis.
Mama meldet sich fast augenblicklich: „Klawitter?"
„Mama!", ruft Conni aufgeregt. „Schnell, ich brauch deine Hilfe! Ich bin im Büro von den Verkehrsbetrieben. Die behaupten, Mandy ist schwarzgefahren. Ich wollte sie abholen und die Strafe bezahlen, aber das Geld reicht nicht. Und jetzt ..."
„Jetzt mal ganz langsam", wird sie von Mama unterbrochen. „Wo bist du? Und was ist passiert?"
Conni schluckt. Dann wiederholt sie ganz langsam, was passiert ist.
„Bleibt, wo ihr seid! Ich bin in ein paar Minuten bei euch", sagt Mama energisch. „Bis gleich, Conni."
„Bis gleich und – danke!" Aufatmend beendet Conni das Gespräch.
So schnell sie kann, flitzt sie ins Sekretariat zurück, um Mandy beizustehen und auf Mama zu warten.
Als Mama kommt, hocken Conni und Mandy nebeneinander auf zwei klapprigen Stühlen und halten sich an den Händen.
Conni springt auf. „Mama!"

„Hallo, Conni“, sagt Mama. Zu Connis Erleichterung macht sie ein freundliches Gesicht. „Hello, Mandy.“
„Hello, Mrs Klawitter“, murmelt Mandy verlegen.
„Sie kann überhaupt nichts dafür!“, bestürmt Conni ihre Mutter. „Sie dachte, ihr neuer Schulausweis ist ein Freifahrtschein oder so was in der Art. Jedenfalls ...“
„Darüber sprechen wir später, okay?“, sagt Mama leise. „Ich rede erst mal mit der Dame.“ Mit einem Lächeln wendet sie sich an die Sachbearbeiterin: „Guten Tag, ich bin Connis Mutter, Annette Klawitter. Ich glaube, hier liegt ein Missverständnis vor.“

Eine knappe Viertelstunde später stehen Conni und Mandy im Freien und strahlen um die Wette.
„Mensch, Mama“, staunt Conni. „Wie hast du das nur hingekriegt?“
„Die Dame war sehr nett“, lächelt Frau Klawitter. „Ich habe Widerspruch gegen die Anzeige eingelegt und hoffe, dass die Sache damit erledigt ist.“ Sie legt einen Arm um Conni, den anderen um Mandy. „Es war ja wirklich nur ein blödes Versehen, dass Mandy ihren

Schulausweis für eine Schülerfahrkarte gehalten hat."

„Yes, I did", murmelt Mandy. „How could I be so blöd?"

„Am besten kaufen wir dir gleich eine Zehnerkarte für den Bus", schlägt Conni vor.

Mandy nickt, dann gibt sie Mama ein Küsschen auf die Wange und sagt: „Thank you so much, Frau Klawitter. I'm sehr dankbar, für was Sie haben getan für mich. Mit ohne Ihre Hilfe ich hätte das nie geschafft!"

„Und ich?", meint Conni grinsend. „Was ist mit mir? Und wie wäre es mit einer Belohnung?"

„Oh, yes!", nickt Mandy sofort. „What about some Streuseln?"

Mama winkt ab. „Tut mir leid", sagt sie bedauernd. „Ich muss schnellstens zurück in die Praxis." Sie zückt ihr Portemonnaie und gibt Conni einen Geldschein. „Aber das soll nicht heißen, dass ihr deswegen auf Kuchen oder Eis verzichten müsst. Macht euch einen schönen Nachmittag und erholt euch von dem Schrecken."

„Danke, das ist cool", freut sich Conni.

„Very cool", bestätigt Mandy grinsend. „Thank you noch mal!"

Girlpower Brighton

Am nächsten Morgen ist Mandys Erlebnis als Schwarzfahrerin das Gesprächsthema Nummer eins in der Klasse.

„I'll never go by bus again as long as we stay in Deutschland", sagt Alisha sofort. „Nie mehr will ich fahren mit eine deutsche Bus!"

„Me too", schließt Mandy sich an. „Obwohl ich habe jetzt ein ten-trip ticket für die Bus." Stolz hält sie ihre nagelneue Zehnerkarte hoch. „Bitte sehr: mein Zehnfahrausweisschein!"

„Es heißt Zehnerkarte", lacht Conni. „Aber das lernst du schon noch!"

Janette hebt den Kopf von der Modezeitschrift, in der sie geblättert hat. „Manche lernen's nie", zischt sie in Mandys Richtung. „Und die ganz bestimmt nicht!"

Vicky rümpft zustimmend die Nase und fährt fort, ihre lange blonde Mähne zu bürsten.

„Zum Glück haben wir gleich eine Doppelstunde

Sport“, knurrt Billi. „Das ist genau das Richtige, um Stress abzubauen.“
„What is she talking about?“, fragt Mandy.
„She says, that sport is good for us“, übersetzt Anna.
„I hoffe, dass wir werden spielen football“, seufzt Louise. „Ich kann nicht länger überleben without it. Ich werde sick, ganz bestimmt!“
„Louis ist süchtig für Fußball“, raunt Mandy Conni zu. „Sie ist ein echter champion und kann nicht leben ohne Ball.“
„Oh, I see.“ Conni kann sich ein kleines Grinsen nicht verkneifen. „Herr Albers ist unheimlich nett. Wenn wir ihn ganz lieb bitten, lässt er uns bestimmt die zwei Stunden spielen.“
„Ich mach das!“, strahlt Louise. „Für football ich würde machen alles!“
„Okay, wir fragen“, sagt Conni. „Und dann kann Paul mit eigenen Augen sehen, wie gut du Fußball spielen kannst. Vielleicht reißt er sich dann zusammen und ist ein bisschen netter zu dir.“
Louise winkt ab. „Ach, das ist no problem. I'm used to that“, sagt sie. „Ich bin daran gewöhnt, dass boys Probleme haben mit Fußballmädchen. Das ist in England auch so.“
„Trotzdem können wir's den Jungs ruhig mal zeigen“, meint Anna. Sie hält den anderen die Hand hin. Alle schlagen ein.

Auf dem Weg zur Sporthalle treffen sie Phillip, Paul und Toby.
„Hey, girls!“, ruft Phillip fröhlich. „How are you?“
„We are fine, thank you“, erwidert Conni. „Hallo, Paul“, sagt sie über Phillips Schulter hinweg. „Alles klar?“
Paul nickt. „Alles bestens. Warum auch nicht?“
„Weil du gleich gegen eine Mädchenmannschaft verlieren wirst“, flötet Anna. Sie mustert ihn freundlich durch ihre Brille.
„Hä?“, macht Paul.
„Wir wollen Herrn Albers bitten, dass wir im Sportunterricht Fußball spielen“, erklärt Billi.
„Und zwar wir Mädchen gegen euch Jungs!“ Anna bleibt stehen und stemmt die Hände in die Hüften. „Damit ein für alle Mal Schluss ist mit diesen blöden Vorurteilen, dass Mädchen nichts von Fußball verstehen und so.“
Conni, Dina, Billi, Alisha, Kate, Mandy und Louise bauen sich in einer Reihe neben Anna auf und machen entschlossene Gesichter.
„Genau!“, sagt Conni.
„Exactly!“, knurrt Mandy.
Louise wirft Paul einen belustigten Blick zu und deutet dabei wortlos auf ein kleines gesticktes Emblem auf ihrem Fußballtrikot. Es trägt die Aufschrift „Girlpower Brighton“.

„It is die beste Team in our school“, raunt Toby Paul zu. „Only girls, you know?“

„Eine Mädchenmannschaft ist das beste Team an eurer Schule?“ Paul lacht. „Oh, Mann!“

Herr Albers ist gleich einverstanden. „Klar“, meint er. „Ein Ballspiel im Freien ist vermutlich das Beste, was man mit so einer großen Gruppe anstellen kann. Aber warum ausgerechnet Mädchen gegen Jungen?“

„For personal reasons“, murmelt Louise.

„Aus persönlichen Gründen“, übersetzt Billi grinsend.

Conni freut sich auf das Match. Wenn Louise wirklich so gut ist, wie alle sagen, haben die Jungs keine Chance.

Janette und Vicky verziehen gleichzeitig die hübschen Gesichter, als sie hören, dass sie Fußball spielen sollen.

„No sports for me“, verkündet Vicky sofort und wirft die langen Haare zurück.

„Ich fürchte, ich kann auch nicht mitmachen. Ich hab meine Sportsachen zu Hause vergessen“, sagt Janette zu Herrn Albers und unterstreicht ihre Lüge mit einem gekonnten Augenaufschlag. „Vicky und ich werden wohl besser im Umkleideraum bleiben.“

Die beiden Mädchen sehen aus wie Zwillinge: Zu engen rosa Jeans tragen sie pinkfarbene Tops mit

Glitzersternchen. Sogar ihre Fingernägel haben sie pink lackiert.
Herr Albers schmunzelt. „Linienrichter brauchen kein Sportzeug." Er drückt ihnen zwei Fähnchen in die Hände. „Die frische Luft wird euch guttun!"
Janette will protestieren, aber der Sportlehrer dreht sich um und lässt sie einfach stehen.
Conni, Anna, Billi und Dina kichern.
„Stehen euch wirklich gut, die hübschen Fähnchen", meint Anna.
„Das Rot beißt sich allerdings etwas mit eurem Nagellack", grinst Billi. „Schickes Pink, echt. Erinnert mich irgendwie an Marzipanschweinchen."
Janette schnaubt vor Wut. „Los, kommt!", zischt sie Vicky, Ariane und Saskia zu. „Hier stinkt's!"
Louise lässt einen Zeigefinger in Schläfenhöhe rotieren. „She's a real nutcase, isn't she?"
„Was heißt ‚nutcase'?", fragt Anna.
„Es heißt ‚Spinnerin'", übersetzt Billi.
„Oh, yes, that's right", sagt Anna mit Überzeugung zu Louise. „She's the biggest nutcase in town!"
Lachend ziehen sie sich um und laufen mit den anderen Mädchen auf den großen Rasenplatz neben der Sporthalle.
Die Jungs warten schon mit grimmigen Gesichtern auf sie. Besonders Paul und Mark geben sich große Mühe, finstere Mienen zu machen. Als die Mädchen

auf sie zugetrabt kommen, knien sie sich ins Gras und tun so, als müssten sie ihre Fußballschuhe neu schnüren.
„Mädchen und Fußball passen so gut zusammen wie Schimpansen und Atomphysik ...“, schnappt Conni im Vorbeilaufen auf, „nämlich überhaupt nicht! Ha, ha, ha!“
Schimpansen und Atomphysik? Conni zieht eine Augenbraue hoch. Na warte! Das wollen wir doch erst mal sehen!
Janette und Vicky stehen an der Seitenlinie und wedeln lustlos mit ihren Fähnchen. Obwohl der Himmel leicht bewölkt ist, tragen beide übergroße Sonnenbrillen.
Louise winkt ihnen fröhlich zu.
Dann hält Herr Albers eine Münze hoch. „Kopf oder Zahl?“, fragt er.
„Kopf“, sagt Louise. Sie ist von den Mädchen einstimmig zur Mannschaftskapitänin ernannt worden.
„Zahl“, knurrt Paul, der Kapitän der Jungs.
Herr Albers lässt die Münze in die Luft schnellen.
Als sie ins Gras fällt, hält Conni die Luft an.
„Kopf!“, ruft der Sportlehrer. „Die Mädchen haben Anstoß!“ Er hebt die Trillerpfeife an die Lippen und bläst hinein.
Janette lässt vor Schreck die Fahne fallen und hält sich die Ohren zu.

Und dann geht's auch schon los – und zwar in solch atemberaubendem Tempo, dass Conni und die anderen Mühe haben, dem Geschehen zu folgen.
Louise schnappt sich den Ball, lässt Mark und Toby mit ratlosen Gesichtern an der Mittellinie stehen, dribbelt um Paul herum und stürmt ungebremst auf das gegnerische Tor zu wie ein kleiner, wütender Stier.
Im Tor steht Phillip. Er breitet die Arme aus, fixiert zuerst den Ball, dann Louises entschlossenes Gesicht und hechtet in die Ecke. Der Ball zischt haarscharf an seinem linken Ohr vorbei und zappelt im Netz.
Einen Moment lang ist es so still auf dem Platz, dass Conni eine Hummel im Gras summen hören kann.
Dann flucht Phillip laut: „Mist!", und tritt gegen den Pfosten.
Conni reckt den Arm in die Luft. „Ja!"
„Tor!", ruft Billi. „Tor!"
„Goal!", jubeln Mandy und Alisha.
Die Mädchen umarmen sich und hüpfen vor Freude auf und ab. Sogar Janette und Vicky halten ihre Fähnchen in den Wind und lassen sie fröhlich flattern.
Louise stößt einen wilden Schrei aus. Dann flitzt sie im Zickzack über das Spielfeld, küsst den Saum ihres Trikots, macht eine Vorwärtsrolle und lässt sich von ihren Mitspielerinnen gratulieren.

Herr Albers trillert auf seiner Pfeife. Das Spiel geht weiter.
Zur Halbzeit führen die Mädchen mit sieben Toren; fünf davon hat Louise geschossen.
Paul und Mark raufen sich verzweifelt die Haare.
Phillip trabt mit gesenktem Kopf vom Platz und lässt sich gegen Tim auswechseln. „Ist das peinlich!“, stöhnt er.
Conni grinst triumphierend. So macht Fußball richtig Spaß!
„Wenigstens haben wir ein Ehrentor gemacht“, murmelt Mark, als Herr Albers das Spiel nach der zweiten Halbzeit endgültig abpfeift. „Sonst wär’s noch viel peinlicher.“
Die Mädchen drehen eine Ehrenrunde auf der Tartanbahn und bejubeln ihren Sieg.
„Eins zu neun.“ Paul verzieht schmerzhaft das Gesicht. „Gegen die Mädchen! Oh, Mann ...“
Paul hat nur den einen Wunsch: unter der Dusche zu verschwinden und nie wieder aufzutauchen.
Oder vielleicht auf Nimmerwiedersehen von der Grasnarbe verschluckt zu werden. Die haushohe Niederlage gegen die Mädchen ist so ziemlich das Peinlichste, was er jemals erlebt hat! Einfach unglaublich!
„I told you so“, wendet Toby ein. „Aber ihr wolltet mir ja nicht glauben, dass Louis is so good!“

Paul wischt sich mit einem Handtuch den Schweiß von der Stirn. „Also, dass sie so gut ist ..."
„Gut ist gar kein Ausdruck", meint Phillip. Er setzt eine Wasserflasche an die Lippen und trinkt in langen Zügen. „Sie ist unschlagbar!"
„Ja, die Kleine spielt perfekt", murmelt Tim anerkennend. „Die kommt später bestimmt mal in die Nationalmannschaft."
Die anderen Jungs stimmen ihm zu.
„Wir sollten ihnen gratulieren", schlägt Phillip vor. „Sie haben's verdient."
Paul nickt. „Klar, sonst wären wir schlechte Verlierer."
Sie schließen sich den langsam Runde um Runde trabenden Mädchen an und reichen ihnen die Hände.
„Glückwunsch", murmelt Paul. Er läuft neben Louise her. „Du warst echt klasse! Congratulations!"
„Oh, thank you", erwidert Louise strahlend. „Wenn du mal kommst nach Brighton, du kannst bekommen eine new chance, okay?"
„Du meinst eine Revanche?" Paul wirft ihr einen Seitenblick zu und grinst. „Cool! Das ist echt fair von dir." Er hebt die Hand. Louise klatscht ihn ab und zwinkert ihm aufmunternd zu.
„See you in Brighton", sagt sie. „A return match is a great idea!"

„Klar.“ Paul nickt zufrieden. Ein Rückspiel – machen echte Fußballprofis das nicht auch immer?
Conni freut sich. Warum nicht gleich so?, denkt sie. Paul und Louise passen so gut zusammen: Beide haben nur Fußball im Kopf. Bestimmt sieht man sie in den nächsten Tagen nur noch mit einem Ball unter dem Arm.

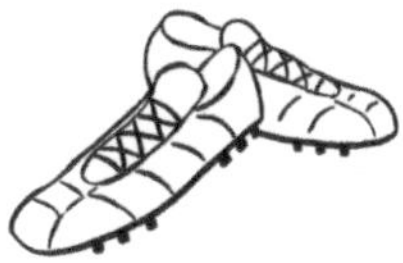

Als Mandy am Nachmittag in der Sprachenschule ist, räumt Conni ein bisschen auf. Allerdings nur ihre Hälfte des Zimmers – die andere überlässt sie Mandy.
„Unglaublich, was sich so alles ansammelt“, murmelt Conni, während sie ihre Hälfte des Schreibtischs freischaufelt und Zettelchen und Notizen in eine Schublade stopft. Schulbücher und Hefte kommen in den Rucksack, wo sie hingehören, oder ins Regal.
Als sie fertig ist, fällt ihr Blick auf Mandys Chaoshälfte.
Meine Güte, denkt Conni, ich sammle ja auch alles Mögliche, aber Mandy bricht wirklich alle Rekorde: bedruckte Papierservietten, bunte Eisschirmchen, Reklamezettel, Streichholzbriefchen – sogar den

Kassenbon für ihr Himbeer-Lipgloss will sie anscheinend als Andenken aufbewahren!
Conni grinst. Ach, warum eigentlich nicht?
Sie stellt eine kleine Pappschachtel auf den Tisch. Wenn Mandy möchte, kann sie ihre Schätze darin aufbewahren. Dann fliegen sie wenigstens nicht im Zimmer herum, wenn der Staubsauger in Aktion tritt. Conni holt den Staubsauger und macht sich mit Schwung an die Arbeit. Bald ist das Zimmer nicht mehr wiederzuerkennen.
Am Abend haben Pauls Eltern Conni, Mandy, Mama, Papa und Jakob zu einem „deutsch-britischen Abend" eingeladen. Conni ist schon sehr gespannt.
„Bestimmt es gibt Fish and Chips", schwärmt Mandy hoffnungsvoll. „Das ist Louises und mein Lieblingsessen."
„Das sind doch diese Fischstäbchen mit Essig, oder?" Jakob verzieht das Gesicht. „Nee, die könnt ihr alleine essen!"
„Es gibt bestimmt auch was für dich", meint Conni. „Es soll schließlich ein deutsch-britischer Abend werden. Also werden auch ein paar leckere Würstchen auf dem Grill landen. Und Mama hat eine Riesenschüssel Kartoffelsalat gemacht. Die nehmen wir mit."
„Na gut", murmelt Jakob beruhigt.
Als es losgeht, balanciert er die Schüssel mit dem Kartoffelsalat so andächtig vor sich her, als wäre sie

ein britisches Kronjuwel. Papa hat kleine Papierfähnchen mitgebracht, mit denen Jakob den Salat schmücken durfte. Jetzt steckt der britische Union Jack genau in der Salatmitte neben der Deutschlandfahne. Rundherum reihen sich die bunten Flaggen der anderen Nationen auf. Im Vorgarten der Hausers stecken Fackeln und weisen den Weg in den rückwärtigen Teil des Gartens, wo ein Tapeziertisch aufgebaut ist. Drum herum stehen Klappstühle mit bunten Polstern.
Pauls Vater steht schon am Grill. Connis Papa gesellt sich gleich zu ihm. Wenig später fachsimpeln die beiden Männer über die optimale Kohletemperatur für die Zubereitung von Gemüse und Grillfleisch. Auf dem Grill liegen schon ein paar Koteletts und Maiskolben. Ein verführerischer Duft zieht durch den Garten.
Als Conni und Mandy Herrn Hauser begrüßen, zuckt der kaum merklich zusammen. Mandy hat sich mit ihrem Outfit große Mühe gegeben: Sie trägt ihren Strohhut, bunt bemalte Boots, ein neongrünes T-Shirt und eine ausgebeulte Latzhose, die ihr mindestens drei Nummern zu groß ist und am Po einen langen Riss hat. In ihre Ohrringe hat sie zur Feier des Tages Gänseblümchen gesteckt.
Conni bewundert Mandy für ihren Einfallsreichtum. „Macht es dir eigentlich gar nichts aus, dass die Leute

dich manchmal anstarren?“, fragt sie Mandy, als Papa und Herr Hauser sich wieder dem Grill zuwenden.
„What does ‚anstarren‘ mean?“, fragt die zurück.
Conni erklärt es ihr. Mandy lacht.
„No, ich mag es, anders zu sein“, sagt sie. „Es ist funny, nicht so normal und langweilig zu sein wie alle anderen.“
Conni guckt an sich herunter. Wie immer trägt sie Jeans, T-Shirt und Sportschuhe. Praktisch und bequem. Das einzig Auffällige an ihr ist das gestreifte Haargummi – und das ist kaum zu sehen. Plötzlich kommt sie sich schrecklich normal und langweilig vor.
Als könnte sie Gedanken lesen, sagt Mandy: „If you want, wir können machen eine ganz neue Conni aus dir!“ Ihre Augen funkeln vor Begeisterung. „Neue Haaren, neue Klamotten, neuer Look! A brand-new Conni! What denkst du?“
„Hm, ich weiß nicht“, meint Conni zögernd.
Mandy grinst. „Wenn du brauchst eine andere Look, frag mich. Ich kann dir geben eine Menge Tipps. Ich bin eine, wie sagt man?, Expertin!“
„Was glaubst du, was die Nachbarn sagen würden, wenn ich plötzlich mit Gänseblümchen in den Ohren und zerrissenen Latzhosen rumlaufen würde“, kichert Conni. „Und meine Eltern erst!“

„So what?“ Mandy hebt die Schultern. „Ist doch egal, was die Leuten sagen.“
Dir vielleicht, denkt Conni belustigt.
„Ich überleg's mir mal, okay?“, sagt sie schließlich.
„Lust hätte ich schon. Aber nur zum Spaß!“
„Okay“, antwortet Mandy. „Just for fun!“
Jakob hört interessiert zu, als ihm plötzlich ein Gummibärchen an den Kopf fliegt. Verwirrt guckt er hoch und sieht Marie, die über ihm in ihrem Baumhaus sitzt und grinst.
„Pst!“, macht sie und lässt eine lange Strickleiter herunter. Ohne zu zögern, klettert Jakob hinauf und zieht die Leiter schnell hinter sich hoch.
„Na, die beiden sind fürs Erste beschäftigt“, lacht Mama. Sie bedankt sich bei Pauls Mutter für die Einladung.
„Louise möchte heute etwas typisch Britisches für uns zubereiten“, verrät Frau Hauser, während sie den Kartoffelsalat zu den anderen Köstlichkeiten auf den Tisch stellt. „Oh, da kommt Frau Sandulescu! Ich dachte, wenn wir schon mal zusammen sind, lade ich sie einfach mit ein.“
„Wie schön“, sagt Mama. „Ein richtiges Nachbarschaftsfest!“
Auch Frau Sandulescu wirft Mandy einen neugierigen Blick zu, aber sie lächelt dabei. Die Nachbarin balanciert ein bauchiges Glasgefäß mit einer schwap-

penden roten Flüssigkeit vor sich her und stellt es behutsam in die Mitte des Tisches.
Als sie Connis verwunderten Blick bemerkt, sagt sie schnell: „Nein, nein, Conni. Es ist nicht, was du denkst! Nur eine harmlose Bowle aus roten Früchten!"
Sie zwinkert verschwörerisch und schüttelt Mandy die Hand. „Der Hut gefällt mir. Deine Haarfarbe auch", sagt sie, während sie die frechen Ponysträhnen bewundert, die unter der Hutkrempe hervorlugen. „Das Rot passt perfekt zu meiner Bowle!"
Conni lacht. Sie erinnert sich daran, als die Nachbarin ihr einmal das Rezept für einen Liebestrank verraten hat, der eine wichtige Bedingung zu erfüllen hatte: Er musste knallrot sein, um zu wirken – genauso rot wie die Flüssigkeit in Frau Sandulescus Glasgefäß und wie das Rot von Mandys Haaren.
Conni zwinkert zurück, als von hinten jemand an ihrem T-Shirt zupft.
„Hi, Conni! Ich habe versprochen, zu machen Fish and Chips", sagt Louise. „Will you and Mandy helfen mir in die Küche?"
„Of course I will!", sagt Conni sofort.
„Me too." Mandy nickt.
Nur Paul macht ein mürrisches Gesicht. „Och, nee. Muss das sein?"
„Yes!", sagen die Mädchen im Chor.

Louise zieht ihn am Ärmel seines Sweatshirts hinter sich her ins Haus. „Du kannst falten die newspapers!“

„Ich soll Zeitungen falten?“, fragt Paul stirnrunzelnd. „Ich muss aber kein Papierhütchen aufsetzen, oder?“

„Of course not“, erwidert Louise streng. „Du sollst only Tüten falten.“

„Tüten, klar“, murmelt Paul. „Aber hoffentlich keine Spucktüten.“ Er grinst frech. „Ich meine, nur für den Fall, dass uns dein Essen nicht schmecken sollte.“

Louise verdreht die Augen. „Oh, please ... Paulie“, stöhnt sie. „Tu nur das, was ich dir sage, und everything will be fine, okay?“

Paul zieht den Kopf ein. „Okay, okay“, sagt er, immer noch grinsend. „Ich mach alles, was du sagst!“

Conni und Mandy wechseln einen amüsierten Blick. Es ist ziemlich eindeutig, wer hier die Hosen anhat.

Ein paar Minuten später füllen Mandy und Louise grob geschnittene frittierte Kartoffelstücke und Backfisch in Pauls vorbereitete Zeitungstüten.

Und das soll schmecken?, fragt sich Conni. Das Fett dringt ja jetzt schon durch das dünne Zeitungspapier! Und dann noch der Essig – brrr!

„We have to serve it quickly!“, ruft Mandy. „Man muss es schnell servieren!“ Sie drückt Conni und Paul jeweils zwei Tüten in die Hände und scheucht sie aus der Küche. „Hurry up! Quick, quick!“

„Das ess ich bestimmt nicht“, raunt Paul Conni zu,

während er eine Essigspur hinter sich herzieht. „Das ist doch voll eklig!"
„Wir sollten vielleicht wenigstens mal probieren", flüstert Conni zurück. „Sie haben sich solche Mühe gemacht!"
„Na dann: Guten Appetit", sagt Paul frech. Er will sich gerade dem Kartoffelsalat und den Koteletts zuwenden, als Louise ihm eine besonders große Portion Fish and Chips vor die Nase hält.
„This is for you, Paulie", sagt sie und strahlt ihn an. „Fußballer müssen gut essen, you know!"
„Oh, äh ... thank you", stottert Paul. Er schluckt und dreht sich Hilfe suchend um. Aber Conni kichert nur und rollt mit den Augen.
„Da müssen wir wohl durch", sagt sie, als Mandy ihr ebenfalls eine Portion in die Hand drückt.
Auch Frau Sandulescu bekommt eine bis oben hin gefüllte Zeitungstüte.
„Wie herrlich", seufzt sie. „Ich hab schon seit Ewigkeiten keine Fish and Chips mehr gegessen! Genau gesagt, seit ich das letzte Mal in London war, und das liegt schon Jahre zurück!" Sie hebt genießerisch schnuppernd die Nase.
„Jakob, Marie!", ruft Frau Hauser. „Habt ihr keinen Hunger?"
„Wir essen lieber Gummibärchen!", kommt es zurück. „Und Kartoffelsalat mit Würstchen!"

In der Tür des Baumhauses tauchen Jakobs und Maries Gesichter auf.
„Wir lassen den Korb runter!“, ruft Marie. „Da könnt ihr was reintun!“
„Aber keinen Fisch in Zeitung!“, kräht Jakob.
Es raschelt in den Blättern. Wenig später wird ein kleiner Korb an einem Seil heruntergelassen.
Paul und Conni legen zwei Saftflaschen, zwei Portionen Salat, ein paar Würstchen, Grillgemüse und Brot hinein und zupfen am Seil. Schwankend verschwindet der Picknickkorb zwischen den Ästen und Zweigen.
„Cool!“, kommt es von oben. „Danke!“
„Bitte!“, rufen Conni und Paul zurück, dann widmen sie sich tapfer ihrem Essen.
„Das ist sicher Geschmackssache“, murmelt Pauls Vater, während er seine halbvolle Tüte dezent hinter dem Brotkorb verschwinden lässt.
„Ganz sicher“, bestätigt Connis Papa kauend.
Nur Frau Sandulescu, Louise und Mandy verputzen mit wahrer Begeisterung ihre Portionen und holen sich sogar noch einen Nachschlag aus der Küche.

Heimweh um Mitternacht

Satt, zufrieden und um die Erfahrung reicher, dass Fish and Chips wohl niemals zu ihren Lieblingsgerichten zählen wird, schlüpft Conni zwei Stunden später müde ins Bett.

Mandy lässt im Bad das Wasser rauschen und trällert ihren Lieblingssong.

„Das war eine very gemutliche Abend, wasn't it?", fragt sie, als sie schließlich im Bett liegt und gähnt.

„Ja, es war echt gemütlich", antwortet Conni. „Und vielen Dank, dass du mit Louise für uns gekocht hast!"

„Oh, es war eine Vergnügen", winkt Mandy ab. „Tomorrow ich will machen Apple Crumble für alle!"

Die beiden Mädchen kichern und flüstern noch ein bisschen.

Dann macht Conni das Licht aus. Nur der Vollmond wirft sein blasses Licht ins Zimmer. Im Haus ist es

still. Kater Mau liegt in seinem Körbchen neben Connis Bett und schnurrt im Schlaf, als würde er träumen. Es ist total gemütlich.
„Good night“, flüstert Conni.
„Good night“, murmelt Mandy schläfrig und rülpst leise. „Sweet dreams!“

Als Conni mitten in der Nacht ein leises Geräusch hört, glaubt sie zuerst, dass sie geträumt hat. Aber dann sieht sie einen Schatten durchs Zimmer huschen.
Mandy?, denkt sie schlaftrunken und wirft einen Blick auf das Handy. Halb zwei!
Im fahlen Dämmerlicht des Mondes kann sie sehen, wie Mandy auf Zehenspitzen aus dem Zimmer schleicht und die Tür hinter sich zuzieht.
Wie Schlafwandeln sieht das nicht aus, findet Conni. Trotzdem setzt sie sich auf und krabbelt aus dem Bett, um nachzusehen, was Mandy vorhat. Vielleicht ist ihr übel und sie muss sich übergeben? Ein Wunder wär's nicht, nach zwei Riesenportionen Fisch! Oder ist Mandy vielleicht doch eine Schlafwandlerin?

Dann muss sie sie schnellstens einfangen und wieder ins Bett bringen!
Conni stößt sich das Schienbein an der Bettkante und jault leise auf. Dann öffnet sie die Tür einen Spaltbreit und späht hinaus in den Flur. Die Tür zum Elternschlafzimmer ist zu. Unter der Badezimmertür dringt kein Lichtstrahl hervor. Entweder ist Mandy im Dunkeln auf die Toilette gegangen oder sie ist gar nicht im Bad. Conni runzelt die Stirn. Aber wo ist sie dann?
Plötzlich fällt Licht von unten herauf. Conni tapst zum oberen Treppenabsatz und späht über das Geländer. Aus dem Wohnzimmer kommt ein schwacher Schein. Ob Mandy heimlich fernsieht?
Schritt für Schritt tastet sie sich die Stufen hinunter und meidet dabei diejenigen, von denen sie genau weiß, dass sie knarren. Erst als sie unten angekommen ist, wagt sie wieder zu atmen.
Kater Mau ist ihr gefolgt und schnurrt um ihre nackten Beine. Conni streicht ihm flüchtig übers Fell und legt einen Finger an die Lippen: „Pst! Ganz leise sein, hörst du?“
An der Wohnzimmertür bleibt sie stehen und reißt die Augen auf. Mandy sitzt im Nachthemd in einem Sessel. Sie hat eine Leselampe angeknipst und tippt mit flinken Fingern etwas in ihr Handy. Das Display beleuchtet ihr Gesicht.

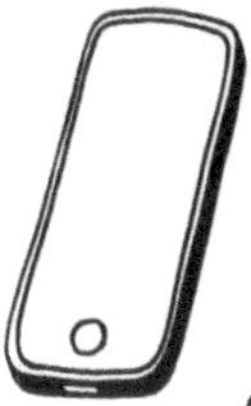

„Mandy!“, ruft Conni. Sie hat zwar gelesen, dass man Schlafwandler auf keinen Fall wecken oder erschrecken soll, aber hier liegt der Fall wohl eindeutig anders.

„Conni!“ Mandy fährt herum und starrt Conni an. „What are you doing here?“

„Das wollte ich dich gerade fragen“, zischt Conni.

Mandy verknotet die Finger vor der Brust.

„I ... I couldn't sleep“, flüstert sie. „I only wollte nachsehen, ob any messages für mich sind angekommen von meine Brüder.“

„Nachrichten von deinen Brüdern?“, wiederholt Conni. „Mitten in der Nacht?“

Mandy lässt das Handy sinken und murmelt etwas. Conni kann sie kaum verstehen.

„Ich haben solches Heimweh nach mein dog Harry“, flüstert Mandy. „Ich wollte nur gucken, ob es ihm geht gut. I'm sorry.“

„Du hast Heimweh?“ Conni kommt ein paar Schritte näher. Mandy hebt den Kopf und nickt: „Yes, I miss my home. But noch mehr als das ich vermisse my dog!“

Conni zieht die Augenbrauen hoch. Oh, Mann! Mandy hat Heimweh nach ihrem Hund!

„Aber ... aber ...“, setzt sie an. Verflixt! Was sagt man in so einer Situation? Sie legt Mandy einen Arm um die Schultern. „Gefällt's dir nicht bei uns?“

„Doch, very much sogar!“, schnieft Mandy. „Das ist nicht die Problem.“
„Aber was ist dann das Problem?“, fragt Conni. „Warum hast du solches Heimweh, dass du nachts nicht schlafen kannst?“
Mitleid steigt in ihr auf, als sie sich vorstellt, wie sie sich an Mandys Stelle fühlen würde: mutterseelenallein in einem fremden Land, in einer wildfremden Familie. Und dann auch noch das schreckliche Erlebnis mit den blöden Fahrscheinkontrolleuren ...
„Meine Brüder geben acht auf Harry“, sagt Mandy. „I know, dass sie gut auf ihn aufpassen. Trotzdem ich vermiss ihn schrecklich. My brothers versprechen, mir zu senden eine Foto von Harry, sodass ich kann sehen, dass es ihm gutgeht. Ich wollte sehen, ob sie haben die Foto geschickt.“
Langsam erhellt sich Connis Miene.
„Rutsch mal ein Stück“, sagt sie grinsend und quetscht sich neben Mandy in den breiten Sessel. „Worauf wartest du? Schau nach, ob du schon Post hast!“
Conni zeigt auf das Handy. Mandy grinst ebenfalls. Dann klickt sie ihr Postfach an und scrollt durch die eingegangenen Mails.
„There it is!“, ruft sie aufgeregt und öffnet eine angehängte Datei.
Auf dem Display erscheint das Bild eines großen

schwarzen Hundes. Mit seinen bernsteinfarbenen Augen schaut er Mandy und Conni freundlich an.

„Rund und gesund“, meint Conni. „Ich glaub, um den musst du dir keine Sorgen machen. Der sieht total lieb aus, richtig süß.“

„That’s my Harry ...“, seufzt Mandy.

„Dann kannst du jetzt bestimmt gut schlafen“, sagt Conni zufrieden.

„Oh, yes!“, erwidert Mandy. Sie schreibt noch schnell eine Antwort-Mail an ihre Brüder, dann schaltet sie das Handy aus und gähnt. „Time to go to sleep.“

„Das wollte ich auch gerade vorschlagen.“ Conni steht auf und reicht Mandy die Hand, um sie aus dem Sessel zu ziehen. Dann machen sie das Licht aus.

Nur gut, dass Mama und Papa so einen festen Schlaf haben, denkt sie noch, als sie kurz danach wieder in ihrem Bett liegt, Kater Mau behaglich schnurrend neben sich.

In der Schule erzählen die beiden nichts von Mandys Heimweh. Sie haben beschlossen, dass es ihr Geheimnis bleiben soll.

„Good friends sometimes have secrets“, hat Mandy gesagt.

Conni hat ihr zugestimmt: Ja, gute Freundinnen haben manchmal Geheimnisse.

An diesem Vormittag sollen die Gastschülerinnen

und -schüler sich und ihre Schule vorstellen. Mandy lässt das Handy mit dem Foto von Harry in der Klasse herumgehen.
Sie berichtet, dass er ein ausgebildeter Rettungshund ist, der in den Sommermonaten am Strand von Brighton eingesetzt wird, um Badegäste vor dem Ertrinken zu retten.
„Och, ist der knuffig", meint Anna. „Schade, dass du ihn nicht mitbringen konntest!"
„Ja, very schade." Mandy nickt lächelnd. „Aber ihm geht's gut. I know he's fine." Sie zwinkert Conni kaum merklich zu. Die hebt den Daumen und grinst.
Louise stellt ihre Mädchenfußballmannschaft vor und zählt die zahlreichen Meisterschaften und Pokale auf, die sie schon gewonnen hat. Paul und die anderen Jungs werden während des Vortrags immer blasser.
„Heute Nachmittag findet für unsere Gäste kein Sprachkurs statt", verkündet Frau Lindmann kurz vor Schulschluss. „Morgen Vormittag fahren wir dann ins Naturkundemuseum nach Burgstadt. Treffpunkt ist um Viertel vor acht auf dem Schulparkplatz." Sie wirft Conni, Mandy und Louise einen Blick zu. „Bitte seid pünktlich. Der Bus startet um acht Uhr. Wer zu spät kommt, muss den Vormittag in unserer Parallelklasse verbringen."
Conni nimmt sich vor, ihren Wecker zehn Minuten

früher zu stellen. Sie weiß, dass der Lindwurm nicht so schnell lockerlässt, wenn er einen erst mal im Visier hat. Noch mal zu spät kommen ist echt nicht drin!

Paul, der Retter, und ein Apfelkuchen zur Belohnung

„Was haltet ihr davon, einen Apple Crumble zu backen heute Nachmittag?“, fragt Mandy auf dem Weg zu den Fahrradständern.

Conni ist gleich einverstanden. „Mama hat bestimmt nichts dagegen. Wir müssen nur noch einkaufen gehen“, sagt sie.

Louise schüttelt bedauernd den Kopf. „I promised den boys, mit ihnen football zu spielen. I'm sorry.“

Auch Anna und Alisha winken ab.

„Wir gehen heute reiten“, erzählt Anna. „Meine Reitlehrerin hat erlaubt, dass Alisha eine Reitstunde mitmacht.“

„Schön für euch“, sagt Conni, „schade für uns.“ Sie wendet sich an Billi, Dina und Kate: „Bestimmt habt ihr auch schon was vor, oder?“

„Nö“, grinst Billi. „Jedenfalls nicht, dass ich wüsste.“

Kate und Dina lachen.

„Ich bin dabei", sagt Dina.
„Me too", schließt Kate sich an.
„Klasse!" Conni zählt durch. „Dann sind wir zu fünft!"
„Stimmt genau, du Rechengenie", erwidert Billi. „Und deine Mutter hat bestimmt nichts dagegen, dass wir eure Küche benutzen?"
„Nee, bestimmt nicht", ist Conni überzeugt. Sie greift in ihren Rucksack und grinst. „Trotzdem werde ich sie lieber vorher fragen. Wozu hab ich schließlich ein Handy?"
Ein kurzer Anruf bestätigt: Mama hat keine Einwände. Die Apple-Crumble-Backaktion kann stattfinden.
„Am besten besorgen wir auf dem Nachhauseweg gleich alles, was wir brauchen", sagt sie zu Mandy. „Mein Geld müsste reichen. Hast du die Zutaten im Kopf?"
Mandy nickt. Conni wirft einen Blick in ihr Portemonnaie, während die anderen sich verabschieden.
„Wir sind so gegen drei bei euch, okay?", sagt Billi.
„Drei ist perfekt", erwidert Conni.
Anna und Alisha rollen mit ihren Rädern schon vom Schulhof.
„Hebt uns ein Stück auf!", ruft Anna über die Schulter.
„Machen wir!", ruft Conni zurück. „Falls was übrig bleibt!"

Vor dem Einkaufszentrum schließen Conni und Mandy ihre Räder aneinander und klemmen sich die Helme unter die Arme.
„What do we need for your recipe?“, fragt Conni. Sie findet es inzwischen ganz selbstverständlich, Mandy auf Englisch nach den Zutaten für das Backrezept zu fragen.
„Oh, it’s pretty simple“, erwidert Mandy. „Wir brauchen Äpfeln of course, butter, sugar, flour, cinnamon and a lemon.“
„Okay.“ Conni zieht die Nase kraus. „Äpfel, Butter, Zucker, Mehl, eine Zitrone ... alles klar. Aber was ist ‚cinnamon‘?“
„Ich weiß nicht die German word for it.“ Mandy zuckt die Achseln. „I’m sorry.“
„Hm“, macht Conni. „Ich fürchte, dann haben wir ein kleines Problem.“ Sie sieht sich um und überlegt. „Aber ich denke, wir können es lösen. Der Supermarkt ist im Erdgeschoss.“
„I see.“ Mandy nickt. „Aber was hat das zu tun mit unsere Problem?“
„Ganz einfach“, lacht Conni und wühlt in ihrer Tasche. „Ich hab eine geniale Übersetzungs-App auf meinem Handy!“
„Great!“ Mandy klatscht Conni ab.
Während Conni gleich nachschaut, was Cinnamon heißt, fahren sie auf der Rolltreppe nach unten

und kommen dabei an einer Drogerieabteilung vorbei.
„Look!“, ruft Mandy. „Sie haben dieselbe raspberry-lipgloss, ich habe gekauft ein paar Tage ago!“
„Klar gibt's hier Lipgloss“, meint Conni. „Ist deiner denn schon alle?“
„No, aber ich möchte noch eine davon mitnehmen. Als Souvenir, you know?“ Mandy reckt den Hals und wäre fast über die letzte Rolltreppenstufe gestolpert.
„Cinnamon ist übrigens Zimt“, sagt Conni. Sie steckt das Handy wieder in die Tasche.
„Alright, dann gehen wir mal die Zimt kaufen“, sagt Mandy. „Aber before that ich hole mein Lipgloss, okay?“
Conni ist einverstanden.
Ein paar Minuten später steht Mandy mit einem Döschen Himbeergeschmack-Lieblingslipgloss an der Kasse.

„Bis du jetzt zufrieden?“, grinst Conni.
„Very zufrieden!“ Mandy lässt die kleine Dose in ihren Rucksack fallen und stopft den Kassenbon achtlos in ihre Jeansjacke. „Now we can go and find the Zimt!“
Im Supermarkt herrscht gähnende Leere. Im Handumdrehen liegen ein Kilo Äpfel, ein Tütchen Zimt, eine Zitrone und all die anderen Zutaten im Einkaufswagen. Als Conni bezahlt, freut sie sich schon

aufs Backen. In einen Apple Crumble kommen nur Sachen, die sie mag. Das Endergebnis verspricht sehr lecker zu werden.
Mit der prall gefüllten Plastiktüte im Arm wollen sie das Einkaufszentrum verlassen, als sich ihnen plötzlich ein Mann in den Weg stellt.
„Taschenkontrolle", sagt er und hält ihnen für den Bruchteil einer Sekunde einen Ausweis hin. „Kommt bitte mit!"
Mandy zuckt erschrocken zusammen.
Conni bleibt stehen und mustert den Mann. Er sieht noch sehr jung aus und trägt Jeans und Sportschuhe.
„Darf ich den Ausweis noch mal sehen?", fragt sie freundlich.
„Kommt erst mal mit", brummt der Mann. Er greift nach Connis Ellbogen, aber sie schüttelt seine Hand energisch ab. „Bestimmt nicht!", faucht sie ihn an. Ihre Stimme zittert vor Empörung. Sie weiß gar nicht, woher sie den Mut nimmt. Er ist plötzlich da.
„Zuerst zeigen Sie mir Ihren Ausweis! Da kann ja jeder kommen!"
Zwei ältere Frauen bleiben stehen und schütteln die Köpfe.
„Da haben sie wieder welche erwischt", tuschelt die eine. „Am helllichten Tag. Die werden auch immer dreister."

Die andere zeigt auf Mandy. „Wie die schon aussieht! Da sieht man doch gleich, was los ist!"
Conni wirft den Frauen einen grimmigen Blick zu. Sie wenden sich ab und gehen schnell weiter.
„What's up?", fragt Mandy. „Was will diese Mann?"
„Keine Ahnung", sagt Conni. „Das wüsste ich auch ganz gern."
Der junge Mann seufzt und hält Conni seinen Ausweis unter die Nase. „Kommt ihr jetzt bitte mit?", fragt er genervt.
„Securus GmbH, Ulrich Fuchs, Kaufhausdetektiv", liest Conni halblaut vor. Plötzlich läuft es ihr eiskalt den Rücken hinunter. Ein Kaufhausdetektiv? Was soll das denn? Sie haben doch nichts verbrochen!
„Okay, wir kommen mit", sagt sie, die Einkaufstüte fest umklammernd. Hat sie vielleicht vergessen, etwas zu bezahlen?
Im Stillen geht sie den Inhalt der Tüte durch. In ihren Ohren rauscht es, in ihrem Gehirn purzelt alles durcheinander. Nein, sie schüttelt energisch den Kopf. Ausgeschlossen!
„Das kann nur ein Missverständnis sein", murmelt sie.
„Das werden wir gleich sehen", erwidert der Detektiv, „kommt bitte mit in mein Büro."
„What is he talking about?", fragt Mandy leise. „What does he want?"

„I have no idea“, sagt Conni wahrheitsgemäß. „Ich weiß es nicht.“
Mit zitternden Knien gehen die beiden Mädchen vor dem Kaufhausdetektiv her. Sie müssen kreuz und quer durch den Laden gehen. Conni hat das Gefühl, als ob alle Leute sie anstarren würden. Sie hat sich noch nie in ihrem ganzen Leben so schrecklich gefühlt.
Als sie endlich in einem kleinen, muffigen, nach kaltem Zigarettenrauch riechenden Büro sitzen, nimmt ihr der Detektiv die Einkaufstüte ab und stellt sie auf einen Schreibtisch.
„Der Kassenzettel liegt mit drin“, sagt Conni heiser. Sie räuspert sich. „Ich hab 9,79 Euro bezahlt, das weiß ich genau.“
Mandy sitzt mit gesenktem Kopf neben ihr. Conni nimmt ihre Hand, drückt sie ganz fest und seufzt. So langsam ist ihr Bedarf an aufregenden Erlebnissen wirklich gedeckt!
Als die Einkäufe aufgereiht auf dem Tisch stehen, gleicht der Kaufhausdetektiv sie mit dem Bon ab.
„Okay“, sagt er. „Dann leert jetzt bitte eure Taschen.“
„Warum denn?“ Connis Mut verwandelt sich in Wut. „Wir haben nichts gestohlen!“ Sie funkelt Herrn Fuchs an. „Dürfen Sie das überhaupt?“
„Nein“, gibt er zu. „Wir können auch auf die Polizei warten.“

Polizei?, denkt Conni. Hilfe, bloß das nicht! Sie krempelt ihre Taschen nach außen. Außer einer angebrochenen Packung Kaugummi und einer alten Kinokarte ist nichts drin.
Mandy macht es ihr nach und legt den Inhalt ihrer Taschen auf den Tisch.
„Maybe he thinks we are terrorists?“, raunt sie Conni zu.
„Jedenfalls behandelt er uns so“, knurrt Conni.
Herr Fuchs begutachtet Mandys Tascheninhalt: den zerknüllten Kassenbeleg aus der Kosmetikabteilung, ihre Lipglossdose aus dem kleinen Laden in der Stadt, die Zehnerkarte für den Bus, ein altes Taschentuch ...
Mit gerunzelter Stirn glättet er den Kassenbeleg. „Öffnet bitte eure Rucksäcke.“
Conni verdreht die Augen. Auch das noch! Sie klappt ihren Schulrucksack auf und präsentiert dem Detektiv ihre Schulbücher und Hefte. Er wirft nur einen flüchtigen Blick hinein und nickt.
Als Mandy ihren Rucksack öffnet, nimmt er den Inhalt etwas genauer unter die Lupe. Schließlich greift er hinein, zieht das neu gekaufte Lipglossdöschen heraus und stellt es neben das andere auf den Tisch.

„Zweimal Lipgloss“, sagt er, „aber nur ein Beleg.“ Er mustert Mandy. „Kannst du mir das erklären?“
Mandy starrt ihn an. „What do you mean? I don’t understand a word you are saying!“
„Ist deine Freundin Ausländerin?“, wendet er sich an Conni.
Conni nickt. „Mandy ist eine Austauschschülerin aus Großbritannien und ich möchte jetzt sofort meine Eltern anrufen.“ Sie holt tief Luft. „Ich glaub nämlich nicht, dass Sie uns so einfach hier festhalten dürfen!“
Herr Fuchs reibt sich mit einer Hand das Kinn, mit der anderen zeigt er auf die Lipglossdöschen.
„Deine Freundin hat zwei Dosen Lipgloss bei sich, aber offensichtlich nur eine bezahlt“, sagt er. „Es besteht der Verdacht des Ladendiebstahls. Insofern habe ich durchaus das Recht, euch festzuhalten, bis die Polizei hier ist, um die Anzeige aufzunehmen.“
Er greift zum Telefon.
Conni springt auf. „Polizei? Moment mal! Meine Freundin hat nur das eine Lipgloss hier gekauft. Das andere ist aus einem Drogeriemarkt in der Fußgängerzone!“
„Dann hat deine Freundin doch sicher auch einen Beleg dafür, nicht wahr?“ Herr Fuchs beugt sich vor. „Zeigt mir den Beleg und alles ist in Ordnung. Vorher muss ich leider davon ausgehen, dass eins der Döschen gestohlen wurde.“

„Himmel noch mal!“ Conni lässt sich wieder auf den Stuhl fallen. „Sie sehen doch, dass Mandy die eine Dose schon benutzt hat!“
„Das ist kein Beweis“, erwidert Herr Fuchs.
Mandy verfolgt den Wortwechsel mit großen Augen.
Conni kaut auf der Unterlippe, während sie angestrengt nachdenkt.
„Beleg, Beleg ...“, murmelt sie, „da war doch was ...“ Sie starrt die Wand an. „Ich hab’s!“, ruft sie plötzlich.
„Der Kassenbeleg für das erste Lipgloss liegt auf meinem Schreibtisch! Ich hab ihn selbst dorthin gelegt!“
„Das ist sehr schön“, sagt Herr Fuchs. „Nur leider nützt er uns dort sehr wenig.“
„Ich hol ihn schnell! Mit dem Fahrrad sind es nur ein paar Minuten!“ Conni greift schon nach ihrem Helm.
Mandy hält sie erschrocken am Ärmel fest. „You can’t leave me alone in this situation!“
Conni zögert. Nein, hier kann sie Mandy wirklich nicht allein lassen. So ein Mist ... Zähneknirschend legt sie den Helm zurück.
„Kann vielleicht jemand aus deiner Familie den Kassenbeleg herbringen?“, fragt Herr Fuchs in die angespannte Stille.
Conni wirft ihm einen kurzen Blick zu. Ich müsste Papa anrufen, überlegt sie. Aber der wird sich schrecklich aufregen und zuerst herkommen wollen

und dann erst den blöden Kassenzettel holen. Das dauert alles viel zu lange. Außerdem ist er vielleicht gerade in einer Besprechung und ... Nein! Sie schüttelt den Kopf. Papa wäre im Moment keine große Hilfe. Bleibt nur Mama, aber die ist noch nicht zu Hause. Ausgerechnet donnerstags hat sie ihren langen Praxistag. Moment mal! Connis Miene erhellt sich. Ja, das ist es doch! Donnerstags isst Jakob immer bei Hausers zu Mittag. Und die haben einen Haustürschlüssel, für den Notfall!

„Ich ruf Paul an!“, sagt sie aufgeregt zu Mandy. „Einen Freund“, erklärt sie Herrn Fuchs. „Der hilft uns! Ganz bestimmt!“, fügt sie hinzu.

„Bitte sehr“, seufzt der Detektiv.

Conni holt ihr Handy hervor und wählt hastig Pauls Nummer.

Es dauert einen Moment, bis er sich meldet. Conni knabbert nervös an einem Fingernagel.

„Paul!“, ruft sie, als er schließlich rangeht. „Du musst uns helfen! Mandy und ich sind in Schwierigkeiten!“

Paul will etwas sagen, aber Conni unterbricht ihn: „Ich erklär dir alles später in Ruhe, okay? Nein, dafür ist jetzt echt keine Zeit. Hör zu: Nimm unseren Haustürschlüssel und geh in mein Zimmer. Auf meinem Schreibtisch liegt Mandys Strohhut und direkt daneben ein Zettelhaufen. Ganz zuoberst ist ein Kassenbon vom Drogeriemarkt in der Fußgängerzone. Den

nimmst du und kommst, so schnell du kannst, ins Einkaufszentrum am Stadtpark, okay?"
Conni umklammert das Handy und nickt. „Ja, genau. Wir sind hier im Büro des Einkaufszentrums und warten auf dich. – Nein, Paul, das ist kein blöder Scherz. Echt nicht, ich schwör's!" Mit gerunzelter Stirn lauscht sie und nickt noch einmal. „Ja, ist gut. Bis gleich und ...", Conni schluckt, „beeil dich bitte, okay?"
Sie drückt auf „Gespräch beenden" und lässt das Handy sinken. „Er hat gesagt, er ist in zehn Minuten hier."
„Dann können wir uns ja inzwischen um die Formalitäten kümmern." Herr Fuchs zückt einen Kuli und wedelt mit einem aschgrauen Formular. „Habt ihr eure Ausweise dabei?"

„Wozu?", fragt Conni.
„Damit ich eure Personalien aufnehmen kann", sagt Herr Fuchs.
Conni schüttelt den Kopf. „Ich glaub, die Mühe können Sie sich sparen. In ein paar Minuten hat sich das alles hier sowieso erledigt."
Der Detektiv lässt den Kuli sinken. „Du bist ganz schön hartnäckig. Hat dir das schon mal jemand gesagt?"
„Nein", sagt Conni. „Ich kann's nur nicht leiden, wenn ich ungerecht behandelt werde."

„Möchtet ihr vielleicht etwas trinken?“, fragt Herr Fuchs etwas freundlicher. „Cola, Limo, Saft?“
Conni und Mandy wechseln einen Blick.
„Juice, please“, knurrt Mandy.
Conni nickt. „Ich nehm auch einen Saft.“
Herr Fuchs steht auf und geht hinaus.
„Paul muss jeden Augenblick hier sein“, flüstert Conni Mandy zu. „Mach dir keine Sorgen.“
Mandy nickt nur. Sie ist ganz blass.
Mit einer Saftflasche und zwei Gläsern kommt Herr Fuchs zurück. Conni und Mandy bedanken sich. Während sie trinken, überlegt Conni, wer wohl im Moment die echten Ladendiebe fängt. Herr Fuchs scheint sich deswegen keine Gedanken zu machen. Seelenruhig sitzt er an seinem Schreibtisch und malt Kringel auf eine Schreibunterlage. Wahrscheinlich hat er noch ein paar Kollegen, denkt Conni. In so einem Einkaufszentrum wird bestimmt unheimlich viel geklaut. Sie zuckt zusammen, als es an der Tür klopft.
„Herein!“, ruft Herr Fuchs.
Bitte, lass es Paul sein!, denkt Conni. Sie umklammert ihr Glas.
Louise schiebt ihren Kopf vorsichtig in das kleine Büro. Neben ihr taucht Pauls Gesicht auf.
„Louise?“, fragt Mandy erstaunt.
„Paul!“, ruft Conni. Sie springt auf, reißt die Tür auf

und fällt ihm um den Hals. „Mann, bin ich froh, dich zu sehen!"

„Äh, was?" Paul wird ein bisschen rot und befreit sich aus der stürmischen Umklammerung. „Tja, ähm, da sind wir. Louise wollte unbedingt mit."

„Ja, gut! Und? Hast du den Kassenzettel dabei?", fragt Conni hektisch.

„Logo." Paul hält den kleinen Pappkarton von ihrem Schreibtisch in die Höhe. „Allerdings lagen da so viele Zettel rum, dass ich lieber alle mitgenommen hab. Aber wozu braucht ihr die Dinger? Was ist hier eigentlich los?"

Conni reißt ihm den Karton aus den Händen. „Erklär ich dir später, okay? Zuerst brauch ich mal diesen bescheuerten Bon!"

Angespannt durchwühlt sie Mandys Zettelsammlung.

„Ha!", ruft sie. „Hab ich's doch gewusst!" Mit triumphierendem Blick präsentiert sie einen zerknitterten Kassenzettel. „Eine Dose Raspberry-Lipgloss für 4,99 Euro. Gekauft am Dienstag im Drogeriemarkt in der Fürsten-Passage!" Sie überreicht Herrn Fuchs den Beleg. „Bitte sehr! Glauben Sie uns jetzt?"

Der Kaufhausdetektiv vergleicht ihn mit der angebrochenen Dose, dann nickt er: „Ja, ich denke, das ist in Ordnung."

Er steht auf und streckt Conni die Hand entgegen.

„Ich muss mich wohl bei dir entschuldigen. Tut mir wirklich leid."
Conni verschränkt die Hände vor der Brust. „Entschuldigen Sie sich lieber bei Mandy", sagt sie. „Schließlich war sie es, die Sie verdächtigt haben."
„Stimmt, du hast recht." Er kratzt sich am Kinn und lächelt verlegen. „I am very sorry, Mandy", sagt er in holprigem Englisch und schüttelt Mandy die Hand. „You can go home. Everything is okay."
Sein Akzent ist fürchterlich. Mandy zieht die Augenbrauen hoch. „Well then", murmelt sie und hakt sich bei Conni unter. „Let's go!"
In Windeseile packen die Mädchen ihre Einkäufe wieder ein und verlassen aufatmend das Büro.
Herr Fuchs bringt sie noch bis zur Tür.
„Macht's gut", sagt er. „Und nochmals Entschuldigung!"
„Tschüs", sagt Conni knapp.
Auf Nimmerwiedersehen!, denkt sie böse.
Draußen zittern ihr plötzlich die Knie. „Ich glaub, ich muss mich mal kurz hinsetzen."
Mandy setzt sich neben sie auf eine kleine Bank. „That was horrible, wasn't it?"
„Das kannst du laut sagen", seufzt Conni und holt tief Luft. „Sag mal, kann es sein, dass du eine Pechsträhne hast? Zuerst die Sache mit der Schwarzfahrerei und jetzt auch noch das hier ..."

„Was ist ‚Pechsträhne'?", fragt Mandy.
„A run of bad luck", übersetzt Louise.
Mandy lacht: „Oh, yes! That's exactly, was ich habe!"
„Erklärt ihr uns jetzt vielleicht mal, was überhaupt los war?", meldet sich Paul zu Wort.
„Du hast uns das Leben gerettet", sagt Conni trocken.
„Aber jetzt fahren wir zu mir nach Hause und backen Apple Crumble. Ich brauche dringend was Süßes. Und außerdem sind wir mit Billi, Dina und Kate verabredet. Kommt ihr?"
Auf dem Weg zu den Fahrrädern erzählt Conni Paul in knappen Worten, was passiert ist.
„Unglaublich!" Paul schüttelt den Kopf. „Stell dir mal vor, Mandy hätte den Kassenzettel nicht aufgehoben! Dann würdet ihr jetzt noch in diesem muffigen Detektivbüro hocken!"
„Das stell ich mir lieber nicht vor", sagt Conni ernst. Sie bleibt stehen. „Wisst ihr was? Zur Feier unserer Befreiung laden wir euch zum Apfelkuchenessen ein!"
Paul und Louise gucken sich an, dann nicken sie gleichzeitig.
„Eigentlich wollten wir ja zum Fußball", meint Paul grinsend, „aber zu Apfelkuchen konnte ich noch nie Nein sagen. Klar kommen wir mit! Ich hab zum Mittagessen nur fünf Pfannkuchen gegessen. Mein Magen braucht dringend Nachschub."

„Cool!“ Conni verstaut die Tüte auf ihrem Gepäckträger.
„Dann nichts wie weg!“, ruft sie und fährt schon voraus. „Von Einkaufszentren hab ich für die nächsten hundert Jahre die Nase gestrichen voll!“

13

Wie gut, dass es Freunde gibt

„You can schnippel die Äpfel klein, Paulie", sagt Mandy zu Paul. Sie drückt ihm ein Obstmesser in die Hand. „Can you schnippel thin slices, please?"
„Thin slices schnippeln?" Pauls Gesicht ist ein einziges Fragezeichen. Die Mädchen kichern.
„Du sollst die Äpfel in schmale Spalten schneiden", erklärt Conni ihm. „Aber vorher würde ich sie schälen."
„Ach so, alles klar." Mit dem Messer rückt Paul den Äpfeln zu Leibe, während Conni und Mandy aus Butter, Zucker, Mehl und etwas Zimtpulver einen Streuselteig zubereiten.
Louise fettet unterdessen eine flache Auflaufform ein.
„After that du musst die Äpfeln tricklen mit die Zitrone", sagt sie beiläufig. Mit dem Ellbogen schiebt sie eine Zitronenpresse in Pauls Richtung. „Here's the lemon squeezer."

Paul stehen fast die Haare zu Berge. „Was ist denn nun schon wieder ‚tricklen'?", fragt er.
„Träufeln", sagt Conni. „Über die Apfelspalten muss Zitronensaft geträufelt werden, sonst werden sie braun."
„Aha, schon kapiert", brummt Paul. „Keine Bange, ich bin ein superguter Appleschnippler und Lemontrickler!"
Conni lacht.
Als es klingelt, geht sie zur Tür und macht auf.
„Hey, da seid ihr ja!", begrüßt sie Billi, Dina und Kate.
„Wir haben schon mal angefangen. Hoffentlich seid ihr nicht böse."
„Nee", meint Billi. „Jedenfalls nicht, solange ihr uns nicht alles weggefuttert habt."
Louise nimmt Paul die perfekt geschnittenen Apfelspalten ab und legt sie in die Auflaufform. Darüber verteilt Mandy den krümeligen Streuselteig und schiebt die Form in den Backofen.
„Thirty minutes", sagt sie. „Es braucht dreißig Minuten."
„Wie heiß soll ich den Ofen einstellen?", fragt Conni.
„Two hundred degrees", sagt Mandy. „Bei zweihundert Graden ist alles perfekt."
Während schon bald ein wunderbarer Duft nach Äpfeln und Zimt die Küche erfüllt, erzählt Conni

Dina und Billi von ihrem schrecklichen Erlebnis im Einkaufszentrum.
Dina wird ganz blass.
„So ein Idiot!", faucht Billi empört. „Wie konnte der euch nur für Ladendiebe halten? Also, da kauf ich nicht mehr ein!"
„Keine Ahnung, warum er sich ausgerechnet auf uns gestürzt hat. Vielleicht hatte er Langeweile oder Mädchen in unserem Alter sind in seinen Augen generell verdächtig. Was weiß ich? Immerhin hat er sich bei uns entschuldigt", meint Conni. „Aber trotzdem ... es war schrecklich. Ich hab mich so hilflos gefühlt." Sie schüttelt sich. „So schnell geh ich da bestimmt nicht wieder hin!"
„Me too", sagt Mandy.
„You are pretty unlucky girls", sagt Kate. „Wie sagt man in German? Pechmädchen?"
Die anderen lachen. „Nein", sagt Billi. „Pechvögel!"
Rrring!, macht der Küchenwecker. Mandy steht auf und begutachtet den Apple Crumble durch die Backofenscheibe. „Es braucht five more minutes", stellt sie fest. „Wollen wir noch machen ein bisschen double cream dazu?"
„What please?", fragt Paul.
„Das ist so was wie Schlagsahne, aber nicht süß", weiß Billi.
„Also, ich bin für Schlagsahne!", sagt Paul.

Conni stellt das Rührgerät, einen hohen Becher und die Sahne bereit.
Im Handumdrehen ist die Schlagsahne fertig.
„Perfect!“, ruft Louise. Sie stellt den Ofen aus und holt mithilfe von zwei Topflappen die Auflaufform heraus. Der Streuselteig bildet eine knusprige Kruste über den gebackenen Äpfeln. Conni hebt schnuppernd die Nase. Es riecht ein bisschen wie Weihnachten.
Während Dina, Billi und Kate den Tisch decken, waschen Conni und Mandy die Backutensilien ab.
Und dann geht's ans große Apple-Crumble-Probieren!

„Mhm, ist das lecker!“, mümmelt Billi nach dem ersten Bissen.
Conni schließt genießerisch die Augen.
„Genial“, murmelt sie.
Dina nickt eifrig: „Ihr müsst mir unbedingt das Rezept geben!“
Paul nimmt sich schon die zweite Portion und bedeckt alles mit einem dicken Berg Sahne.
„Was ist?“, fragt er grinsend, als er die belustigten Mienen der anderen sieht. „Jungs haben nun mal einen höheren Kalorienbedarf als Mädchen. Das ist wissenschaftlich erwiesen!“
„Poor Paulie“, sagt Louise. „You will have to run a lot, um wieder in good shape zu kommen.“
„I'm in very good shape already“, gibt Paul ungerührt

zurück. „Das werde ich dir morgen auf dem Fußballplatz beweisen, no worries."
„Maybe wir sollten drei Portionen übrig lassen für Jakob and Mr and Mrs Klawitter", schlägt Mandy vor. Sie legt drei Stücke auf einen Extrateller und deckt ihn mit Folie ab. „Bestimmt sie werden es mögen."
„Na klar", sagt Conni. „Mama, Papa und Jakob sind richtige Naschkatzen!"
Wie auf Bestellung kommt Kater Mau um die Ecke und streicht maunzend um den Küchentisch. Conni gibt ihm ein wenig verdünnte Sahne in den Napf. Wenig später hört man nur noch sein zufriedenes Schmatzen. Es ist urgemütlich in der kleinen Küche. Nur schade, dass Anna, Phillip und ihre Gastschüler nicht dabei sind, denkt Conni. Aber vielleicht können wir die Backaktion ja noch mal wiederholen, bevor Mandy und die anderen abreisen.
Noch vier Tage ... Conni seufzt. Sie mag gar nicht daran denken, wie es sein wird, wenn sie sich von Mandy verabschieden muss.
Bestimmt muss ich heulen, denkt sie. Sie schluckt und widmet sich schnell wieder ihrem Apple Crumble. Über die Auflaufform hinweg lächelt Mandy ihr zu. Conni lächelt zurück. Mist, dass Brighton so weit weg ist!

Am Abend ruft Mandy zu Hause an und telefoniert ausführlich mit ihren Eltern, ihren Brüdern und sogar mit Harry, dem Hund, der wie auf Kommando bellt, als er ihre Stimme hört.
Conni macht es sich auf ihrem Bett gemütlich und schreibt Tagebuch.
So viel ist heute passiert, denkt sie. Womit soll ich nur anfangen? Am besten mit etwas Positivem, beschließt sie. Dem Backrezept zum Beispiel! Conni weiß es inzwischen auswendig.
Dann schreibt sie auf, was sie mit Mandy im Einkaufszentrum erlebt hat. Alles, von Anfang an.
Fast drei ganze Seiten schreibt sie und zum Schluss:

> Mama und Papa haben gesagt, der Detektiv hätte unsere Taschen gar nicht durchsuchen dürfen. Aber dann wäre die Polizei gekommen. Und das wäre noch peinlicher gewesen, oder?
> Wenn Paul uns nicht geholfen hätte, weiß ich nicht, was passiert wäre. Ich finds toll, dass er einfach so gekommen ist und keine blöden Fragen gestellt hat. Das vergess ich ihm nie! Er ist ein klasse Freund!

Nachdenklich lässt Conni den Stift sinken. Mama und Papa haben sich natürlich schrecklich aufgeregt, als sie ihnen beim Abendessen die Geschichte von Herrn Fuchs und seinem gemeinen Verdacht erzählt haben, aber ungeschehen machen konnten sie sie auch nicht.
„Warum habt ihr uns denn nicht angerufen?", hat Mama gefragt. „Papa und ich wären sofort gekommen!"
Conni und Mandy haben sich lange angeguckt und dann hat Mandy gesagt: „We managed it with the help of our friends."
Genauso war's, denkt Conni. Wir haben es mit der Hilfe unserer Freunde geschafft!
Sie klappt das Tagebuch zu und legt es in den Nachttisch zurück. Plötzlich hat sie eine Idee. Sie steht auf und geht zum Schreibtisch. Ganz zuunterst in einer Schublade liegt ihr altes Freundschaftsbuch. Conni nimmt es heraus, krabbelt zurück ins gemütliche Bett und blättert darin.
Sie hat es seit der vierten Klasse, es ist schon ziemlich voll.
Der letzte Eintrag stammt von Phillip:

Sei wie ein Engel, dann hab ich Dich lieb. Denk an den Bengel, der dieses Dir schrieb!

Daneben prangt ein kleines Foto, auf dem er genauso frech grinst wie in Wirklichkeit.
Conni lächelt über den Spruch. Was Besseres ist ihm wohl nicht eingefallen? Typisch Phillip! Sie zieht das schmale Lesebändchen heraus und schlägt eine neue Seite auf. Perfekt.
Als Mandy ihr Telefongespräch endlich beendet und das Handy weggelegt hat, schaut sie neugierig herüber. Conni setzt sich auf.

„Hey", sagt sie. „Würdest du etwas für mich reinschreiben?"
Mandy steht auf, nimmt ihr das Buch aus der Hand und streicht über den mit blauem Jeansstoff bezogenen Einband. „Meine Freunde" steht in aufgestickten Lettern darauf.
„My friends", sagt Mandy. „That is cool!" Sie wirft Conni einen Blick zu. „Ich will sehr gerne etwas schreiben hinein. Soll ich gleich damit anfangen?"
„Nein. Lass dir ruhig Zeit." Conni verschränkt die Arme hinter dem Kopf und gähnt. „Du bist ja noch ein paar Tage hier." Zum Glück, fügt sie in Gedanken hinzu.
Mandy nickt. „My friends", sagt sie noch einmal.
In Windeseile putzen sie sich die Zähne, schlüpfen in ihre Schlafshirts und kuscheln sich in ihre Betten. Conni fallen schon bald die Augen zu. Ruhig und

gleichmäßig atmet sie, ein kleines Lächeln auf dem Gesicht.
„Good night“, flüstert Mandy ihr zu. „See you in the morning.“

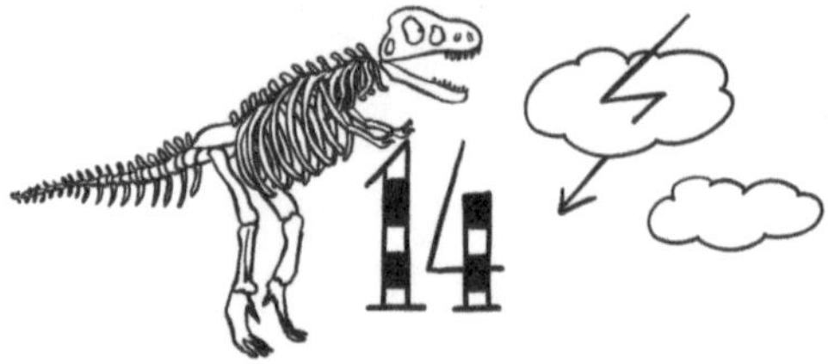

Blitz und Donner im Museum

„Fass bloß nichts an“, raunt Conni Mandy zu, als sie am nächsten Morgen das Naturkundemuseum in Burgstadt betreten. „Hier sind überall Alarmanlagen und Wachleute. Ich hab echt keine Lust, noch einmal in einem muffigen Büro zu landen und verhört zu werden.“

Mandy kichert leise. „Hey, calm down“, sagt sie. „I won’t touch anything. Ich werde sein ein very good girl den ganzen Tag.“

„Dann ist ja alles in Ordnung“, sagt Conni.

Die Klasse steht im Eingangsbereich des Museums zwischen einer präparierten Riesenschildkröte, einem Dinosaurierskelett, mehreren großen Glasvitrinen und Terminals, an denen man sich Multimedia-Präsentationen ansehen kann.

Conni war zwar schon einmal mit der Grundschule im Museum der Nachbarstadt, aber das ist Urzeiten

her. Neugierig sieht sie sich um. Überall in den Vitrinen liegen Versteinerungen, uralte Schmuckstücke, handgeschmiedete Werkzeuge und Waffen.
Billi ist voll in ihrem Element. Ehrfürchtig umrundet sie das Dinoskelett und flüstert: „Wow! Habt ihr so was schon mal gesehen?“
Anna runzelt belustigt die Stirn. „Wohl eher nicht. Die Biester sind bekanntermaßen vor einigen Jahrmillionen ausgestorben. Genauso wie die meisten anderen Sachen, die hier so rumstehen. Alles seit Urzeiten tot.“
„Zum Glück“, sagt Dina. Sie macht einen Schritt zurück und stößt gegen die Schildkröte. „Iiih!“
„Attention please, girls and boys!“, ruft Frau Lindmann. Sie steht neben Mr Brownstone am Fuße einer breiten Steintreppe, die in die oberen Ausstellungsräume führt. „Ich verteile jetzt die Aufgabenzettel für die Museumsrallye. Bleibt bitte in euren Gruppen zusammen. Wir treffen uns Punkt zwölf Uhr in der Ägypten-Sammlung im zweiten Stock!“
„Wie passend“, raunt Phillip den anderen zu. „Hoffentlich erkennen wir den Lindwurm zwischen all den Mumien und ausgestopften Viechern auch wieder!“
Conni und die anderen kichern verstohlen. Dann gehen sie in kleinen Grüppchen nach vorn und nehmen die Fragebogen in Empfang.

„Eine Museumsrallye“, sagt Billi. „Das ist echt klasse!“
„Na, ich weiß nicht recht ...“, Conni wirft einen Blick auf die Aufgaben. „Das sind ganz schön knifflige Fragen.“
„Und ziemlich viele“, meint Anna. „Auf der Rückseite sind auch noch welche!“
„I'm sure we'll manage it“, sagt Mandy optimistisch. „Wir werden das schaffen together!“
„Okay, dann mal los!“ Billi übernimmt die Führung. „Am besten fangen wir gleich mit den Dinos an.“
Wenig später steht Conni vor der Versteinerung eines kleinen Flugsauriers und versucht, fünf wesentliche Merkmale der ausgestorbenen Echse herauszufinden.
„He's got wings“, stellt Mandy fest.
„Flügel“, notiert Conni. „Klar. Was noch?“
„Maybe his beak?“, schlägt Louise vor.
„Was heißt ‚beak‘?“ Conni lässt den Kuli sinken.
„Schnabel“, sagt Billi wie aus der Pistole geschossen.
„Seht mal, was für einen Eierkopf der hatte“, kichert Anna.
Conni wirft ihr einen Blick zu. „Soll ich das jetzt etwa aufschreiben?“
„Klar“, erwidert Anna, ohne zu zögern. „Ist doch ein wesentliches Merkmal, oder nicht?“
„Auffällige Kopfform“, schreibt Conni. „Das war Nummer drei. Zwei fehlen noch.“
„His claws“, sagt Alisha.

„Seine Krallen", übersetzt Billi.
„Nummer vier", murmelt Conni.
Die Mädchen stehen vor der Vitrine und starren auf den in Stein verewigten Urvogel.
„Also, ich seh nichts mehr", sagt Anna.
Kate und Mandy schütteln ebenfalls die Köpfe.
„Vielleicht sein Schwanz?", sagt Dina. Sie hat ein Notizbuch in der Hand und zeichnet die Versteinerung ab. „Seht mal: Der lange Flugschwanz ist doch ziemlich auffällig, oder?"
Conni beugt sich über die Skizze und vergleicht sie mit dem Original. „Hey, deine Zeichnung ist echt spitze", sagt sie und trägt die verlängerte Wirbelsäule als fünftes Merkmal ein.
„Danke", murmelt Dina und wird ein bisschen rot.
Mit den Steinzeitwerkzeugen geht es weiter, gefolgt von Schmuckstücken und Grabbeigaben aus der Bronze- und Eisenzeit. Als Conni einen Blick auf ihre Armbanduhr wirft, staunt sie, wie schnell die Zeit vergeht. Sie haben über eine halbe Stunde für die ersten Aufgaben gebraucht.
„In dieser Abteilung sind wir fertig", verkündet Billi. „Auf geht's in den zweiten Stock!"
Die Mädchen laufen die breite Steintreppe hinauf. Oben treffen sie Paul, Phillip, Toby und ein paar andere Jungs.
„Hey!", ruft Phillip. „Wo kommt ihr denn her?"

„Aus der Steinzeit“, lacht Conni. „Und ihr?“
„Aus dem Moor.“ Paul macht ein geheimnisvolles Gesicht und zeigt über die Schulter. „Gleich dahinten. Aber haltet euch fest: Da liegen zwei Leichen!“
„Leichen?“ Conni zeigt ihm einen Vogel. „Du spinnst!“
Die Jungs grinsen.
„Ihr werdet’s schon sehen“, meint Paul.
„Bis später“, sagt Phillip. „Wir sehen uns in Ägypten.“
„What does ‚Leichen‘ mean?“, fragt Mandy, als sie weitergehen.
„Ich bin nicht sicher“, Conni überlegt, „aber ich glaube, ‚dead bodies‘.“
Billi nickt: „Logo. Hier gibt’s Moorleichen.“
„Was?“ Anna bleibt so abrupt stehen, dass sie mit Alisha zusammenstößt. „Moorleichen? Ohne mich! Die hab ich mal im Fernsehen gesehen!“ Sie schüttelt sich. „So was von eklig! Nein, danke. Ich warte hier.“
Mandy zupft Conni am Ärmel. „What is ‚Moorleichen‘?“
„Also, das weiß ich jetzt auch nicht, sorry.“ Conni zuckt mit den Achseln. „Dead people out of a moor vielleicht?“
Mandy verzieht angewidert das Gesicht.
„Ist doch cool“, sagt Billi und stapft ungerührt weiter. „So was sieht man nicht jeden Tag!“
Anna verschränkt die Arme vor der Brust und wei-

gert sich weiterzugehen. „Ich bleib hier und warte auf euch.“

„Okay, wie du meinst.“ Conni nickt ihr zu. „Wir sind gleich wieder da.“

Sie folgt den anderen bis ans Ende des langen Saals. Vor einer schmalen Tür bleiben sie stehen. Dahinter liegt ein kleiner Raum, der nur spärlich beleuchtet ist.

„Dead bodies in the darkness ...“, flüstert Louise. „It’s like a tomb in a horror movie, isn’t it?“

Eine Gruft in einem Horrorfilm? Conni bekommt eine Gänsehaut und schluckt. Sie versucht, einen Blick in den Raum zu werfen, aber er ist zu dunkel. Ist das gruselig! Am liebsten würde sie Annas Beispiel folgen und einfach vor der Tür stehen bleiben.

„Los, kommt schon!“, drängelt Billi. „Worauf wartet ihr noch?“

Conni schluckt. Okay, sagt sie sich. Billi hat recht: So was sieht man nicht alle Tage! Außerdem: Was soll schon passieren?

Sie strafft die Schultern und holt tief Luft. „Dann mal los!“

Im Innern des Raums ist es fast noch düsterer, als es von draußen den Anschein hatte.

Conni umklammert ihren Aufgabenzettel. Links und rechts sind Glaswände. Dahinter liegt etwas Dunkles, Braunes ...

„Look at that!“, flüstert Louise. „It's incredible!“ Unglaublich? Conni starrt stur geradeaus auf eine schwach beleuchtete Landkarte, auf der mit roten Fähnchen die Fundorte der Moorleichen markiert sind.
„Guckt euch das an!“, flüstert jetzt auch Billi.

Aus den Augenwinkeln kann Conni sehen, dass Dina ihren Notizblock aufgeschlagen hat und mit schnellen Strichen etwas skizziert. Ihr Gesicht ist hoch konzentriert, während ihr Stift über das Papier fliegt. Die Augen hat sie zu schmalen Schlitzen verengt.
Schließlich gibt Conni sich einen Ruck und dreht sich zur Seite. Hinter der Glasscheibe liegt ein Mädchen. Es sieht aus, als ob es schläft – wäre da nicht die unnatürlich dunkle Haut. Die hat Ähnlichkeit mit altem brüchigem Leder. Neben dem Mädchen liegen grobe Scherben von Tongefäßen und ein zerbrochener Speer.
Conni ist so fasziniert, dass sie ihren Blick gar nicht mehr abwenden kann.
„Wahnsinn, nicht?“ Billi steht neben ihr. „Wahrscheinlich war sie nicht viel älter als wir, als sie im Moor gestorben ist. Auf dem Schild steht, dass sie sich entweder verlaufen hat oder geopfert wurde.“
„Geopfert? Wie grausam!“ Conni hebt ihren Aufgabenzettel, aber das Licht ist zu schummrig. „Ich kann

die nächste Frage nicht entziffern. Ich geh mal raus ins Licht.“

Aufatmend verlässt sie den dunklen Raum. Was wohl hinter der anderen Glasscheibe war? Conni will es gar nicht so genau wissen. Lieber widmet sie sich der nächsten Aufgabe: „Markiert auf der Karte die Fundorte der Moorleichen.“

Das ist einfach! Conni hat es sich gemerkt und macht zwei Kreuze auf dem kleinen Lageplan. „Fertig!“

„Klasse, dann können wir weiter!“ Billi sieht sich um. „Wo ist Anna? Sie wollte doch auf uns warten.“

Conni und die anderen drehen sich um. Anna ist weg. Jedenfalls steht sie nicht mehr an der Treppe, wo sie sie vor ein paar Minuten zurückgelassen haben.

„Anna!“, ruft Conni. Ihre Stimme hallt von den hohen Wänden unnatürlich laut wider. Sie zuckt zusammen.

„Maybe sie ist gegangen zu die Toilette?“, sagt Alisha.

„Ja, kann sein.“ Conni geht ein paar Schritte. „Aber wo sind die Toiletten? Hier ist weit und breit kein Schild zu sehen.“

Merkwürdig, denkt sie. Das passt gar nicht zu Anna. Sie hatte doch versprochen zu warten.

„Und nun?“, fragt Billi.

„Wir müssen sie suchen“, sagt Dina.

Alisha, Louise und Kate nicken.

„Of course“, sagt Mandy. „She can't just vanish into thin air.“
„Nein, sie kann sich weder in Luft aufgelöst haben noch spurlos verschwunden sein“, gibt Conni ihr recht. „Aber wenn wir sie jetzt suchen und sie kommt in der Zwischenzeit hierher zurück, laufen wir aneinander vorbei. Dann finden wir uns nie wieder.“
Billi nickt nachdenklich. „Hm, dann müssen wir uns wohl trennen ... Zwei von uns bleiben hier und warten, während die anderen suchen.“
„Wir sollen aber zusammenbleiben“, meint Dina.
„Sieht doch keiner“, erwidert Billi. „Der Lindwurm ist weit weg, und ehe sie merkt, dass unsere Gruppe sich getrennt hat, haben wir Anna längst wieder.“
Wie auf Bestellung erklingen vom Treppenaufgang gedämpfte Stimmen.
„Der Lindwurm“, stöhnt Dina. „Oh nein.“
„Mist!“, flucht Conni leise.
Frau Lindmann und Mr Brownstone kommen Seite an Seite die Treppe herauf. Zum Glück unterhalten sie sich angeregt und achten kaum auf die Mädchen. Frau Lindmann nickt ihnen nur zu, während Mr Brownstone freundlich winkt.
Conni atmet hörbar aus, als die beiden Lehrer in dem Raum mit den Moorleichen verschwinden.
„Das war knapp“, flüstert Billi. „Los, lasst uns von hier verschwinden, bevor sie merken, dass Anna fehlt.“

Im Laufschritt durchqueren sie den Saal bis zur Treppe. Dort bleiben sie unschlüssig stehen.
„Uns bleibt nichts anderes übrig, als zu den Ägyptern zu gehen“, sagt Dina.
Billi stimmt ihr zu: „Ja, das ist am besten. Anna weiß doch, dass da der Treffpunkt ist.“
Conni zögert, aber dann nickt sie. „Wir müssen schließlich auch noch die Rallye zu Ende bringen.“ Sie wedelt mit dem Aufgabenzettel. „Sonst kommen wir auf den letzten Platz – nur wegen Anna!“
Als sie einen Blick aus einem der hohen Fenster wirft, sieht sie, dass der Himmel sich bezogen hat. Grau und schwer hängen die Wolken über dem alten Museumsbau. Die Bäume biegen sich im Wind.
„Gleich gibt's Regen“, meint Dina, die ihrem Blick gefolgt ist.
„It's good, dass wir sind inside“, sagt Mandy.
Conni zuckt zusammen, als sie in der Ferne Donnergrollen hört. Ein Gewitter – na, toll ... Das hat ihr gerade noch gefehlt!
Auf dem Weg zur Ägypten-Ausstellung erledigen sie die Fragen zu den verschiedenen Naturvölkern fast im Vorbeilaufen. Conni hätte sich gern ausführlicher mit den Inuit befasst, aber dazu fehlt leider die Zeit.
Erst bei den Rittern bleiben sie wieder stehen. Die Fragen sind dort etwas kniffliger und außerdem

haben sie das Mittelalter noch nicht im Unterricht besprochen.
„Was ist eine Hellebarde?“, liest Conni vor.
„What?“, fragt Mandy.
„I love knights“, seufzt Louise. „Kennt ihr die story of King Arthur?“
„Wir haben jetzt leider keine Zeit für die edlen Ritter der Tafelrunde“, sagt Billi. „Lasst uns schnell die Fragen beantworten und nachsehen, ob Anna bei den Ägyptern ist.“
Sie zieht den Kopf ein, als ganz in der Nähe ein Donner kracht.
„Eine Hellebarde ist eine Stoß- und Hiebwaffe“, meldet Dina sich zu Wort. „Hier steht's.“ Sie zeigt auf ein kleines Schild an einer Vitrine.
„Klasse! Danke.“ Conni schreibt, während Billi ihr über die Schulter guckt und schon die nächste Frage stellt: „Was bezeichnet man als Morgenstern?“
„I know!“, ruft Kate. „The morning star ist eine Planet, isn't it?“
Conni und Billi schütteln gleichzeitig die Köpfe. Hier ist eindeutig nicht der Planet Venus gemeint, sondern die keulenartige Schlagwaffe in der Vitrine vor ihnen.
„Eine mittelalterliche Schlagwaffe“, notiert Conni. „So, das war's! Auf ins alte Ägypten!“
Im Ägypten-Saal tummelt sich bereits die halbe

Klasse. Als ein greller Blitz den Himmel erleuchtet und fast gleichzeitig ein ohrenbetäubender Donnerschlag ertönt, gibt es Stromschwankungen und das Museum ist für Bruchteile von Sekunden in Dunkelheit getaucht.

Ein paar Mädchen kreischen auf. Mandy klammert sich an Connis Arm. Als das Licht wieder angeht, gucken sie sich erschrocken an.

„Mann, das hat gesessen“, flüstert Billi.

Conni nickt. „Bestimmt hat's irgendwo eingeschlagen.“

„Kennt ihr den Film ‚Nachts im Museum‘?“, fragt Dina ängstlich. „Wo um Mitternacht alles zum Leben erwacht? Ein bisschen erinnert mich das hier daran.“

„Ja, stimmt!“ Billi lacht. „Da spielt der Nachtwächter mit einem Dinosaurierskelett Stöckchenfangen!“

„Ach, das ist doch nur ein Film“, sagt Conni gleichmütig. Aber ihr Herz klopft ziemlich schnell. Wenn nur Anna endlich auftauchen würde! „Wollen wir uns nicht lieber um den Fragebogen kümmern?“, schlägt sie vor.

„Yes, of course“, sagt Mandy. „Let's have a look.“

Kate, Louise und Alisha beugen sich über eine große Vitrine, in der anhand eines Modells der Bau einer Pyramide dargestellt wird.

„It's unbelievable, isn't it?", staunt Kate. „Wie sie das haben geschafft without any machinery?"
„Genau das ist die Aufgabe", sagt Conni. „Zähle einige zum Bau der Pyramiden benötigte Hilfsmittel auf!"
„Sie haben Baumstämme als Rollen benutzt, um die schweren Steine vorwärtszubewegen", sagt Dina.
Conni wirft einen Blick in den Schaukasten. „Da sind auch ein paar Flaschenzüge, mit denen sie die Brocken in die Höhe gehievt haben. Sie haben Esel und Kamele davorgespannt."
„Und es wurden viele arme Sklaven ausgebeutet", fügt Billi hinzu. „Ohne die hätten sie's nie geschafft!"
In Stichpunkten schreibt Conni alles auf, dann liest sie die letzten Fragen vor: „Erstens: Wie lautet der Name des ägyptischen Königs, dessen goldene Totenmaske weltberühmt ist? Und zweitens: Wo wurde sein Grab entdeckt?"
„Tutanchamun!", rufen Dina und Billi im Chor.
„Ja, stimmt." Conni grinst. Sie hat ein kleines Schild gefunden. „Hier steht, dass sein Grab 1922 bei Luxor entdeckt wurde, von einem Mr Carter." Sie trägt die Antworten in den Fragebogen ein und lässt ihn sinken. „Das war's, wir sind fertig."
Dina schaut auf ihre Uhr. „Schon zehn vor zwölf! Und Anna fehlt immer noch! Um Punkt zwölf müs-

sen wir dem Lindwurm melden, dass wir sie verloren haben!“

„Müssen wir gar nicht.“ Billi grinst und deutet über Connis Schulter. „Guckt mal, wer da kommt!“

Conni fährt herum und lässt vor Staunen fast ihren Kuli fallen. Anna kommt, fröhlich plappernd und genüsslich ein Eis schleckend, auf sie zu – links und rechts eingerahmt von Frau Lindmann und Mr Brownstone!

„Das darf ja wohl nicht wahr sein!“, entfährt es Conni.

„Hi!“, ruft Anna und winkt fröhlich. „Ich hab euch schon vermisst!“

„Wir dich auch“, brummt Conni.

Billi und Dina kichern.

„Ich hatte Lust auf ein Eis“, sagt Anna. „Und als ich vom Museumskiosk zurückkam, wart ihr nicht mehr da.“ Sie macht ein vorwurfsvolles Gesicht. „Ihr hattet doch versprochen, auf mich zu warten!“

„Nein, du hattest versprochen, auf uns zu warten“, stellt Conni klar. „Aber das ist jetzt ja auch egal. Hauptsache, du bist wieder da!“

„Du hättest uns wenigstens ein Eis mitbringen können“, murrt Billi.

Anna zuckt bedauernd die Schultern. „Ich hatte leider nicht genug Geld. Willst du mal lecken?“ Sie hält Billi das Eis hin.

„Nein, danke.“ Billi verzieht das Gesicht. „Lasst uns

lieber unseren Fragebogen abgeben. Gleich fängt die Auswertung an."
„Hat der Lindwurm gar nicht gemeckert, dass du ganz allein unterwegs warst?", fragt Conni verwundert.
„Nö. Überhaupt nicht." Anna versenkt ihren Eisstiel in einem Papierkorb. „Die hat die ganze Zeit mit Mr Brownstone geflirtet. Ich glaub, die hat mich gar nicht richtig gesehen."
Bei der Vorstellung einer flirtenden Frau Lindmann muss Conni kichern. Grinsend überreicht sie der Lehrerin den ausgefüllten Fragebogen. Sie ist gespannt, wie sie bei der Rallye abgeschnitten haben.

„Dritter Platz – immerhin", sagt Billi zufrieden. „Nicht schlecht, oder?"
Conni stimmt ihr zu: „Bei so vielen Gruppen ist das echt ein super Ergebnis!"
Die Mädchen schieben sich durch den engen Mittelgang des Busses bis ganz nach hinten und lassen sich aufatmend auf die Sitze fallen.
Anna schüttelt ihre nassen Haare und schimpft: „Dass es aber auch unbedingt jetzt regnen muss!"
„Es hat die ganze Zeit geregnet, als du verschwunden

warst“, sagt Dina mit leisem Vorwurf in der Stimme.
„Wir dachten schon, du hast dich verlaufen!“
„Nun ist sie ja wieder da“, brummt Conni gutmütig.
Anna wirft ihr einen dankbaren Blick zu.
„Trotzdem werde ich dir nie verzeihen, dass du uns kein Eis mitgebracht hast“, sagt Billi. „Wie kann man nur so selbstsüchtig sein!“
„Here, have one of these instead.“ Louise lässt eine große Bonbontüte herumgehen. „British toffees.“
„Hey, kriegen wir auch welche ab?“ Paul, Phillip und Toby drehen sich auf ihren Sitzen nach hinten.
Conni reicht die Tüte mit den Süßigkeiten an sie weiter und sieht dabei, dass Frau Lindmann und Mr Brownstone ziemlich eng nebeneinandersitzen und sich immer noch angeregt unterhalten. Hin und wieder lacht Frau Lindmann. Na, so was. Conni grinst.
Der Reisebus fährt an und sie lehnt sich entspannt zurück.
Das war ein richtig toller Vormittag, denkt sie.
Schade, dass Schule nicht immer so viel Spaß macht.
„It was a great day, wasn’t it?“, fragt Mandy, als hätte sie ihre Gedanken gelesen.
Conni nickt. „Und er ist noch nicht zu Ende. Was haltet ihr davon, wenn wir heute Nachmittag alle zusammen in die Schwimmhalle gehen? Und hinterher backen wir noch mal Apple Crumble. Für die, die

beim ersten Mal nicht dabei sein konnten“, fügt sie hinzu.
„Klar!“ Paul, Phillip und Toby stimmen sofort zu.
„Yes!“, ruft Billi.
Dina und Anna nicken begeistert.
„Great idea!“, sagen Alisha, Kate und Louise im Chor.
„Okay“, sagt Conni. „Wir treffen uns um zwei am Stadtbad, einverstanden? Wer zu spät kommt, bekommt zur Strafe nichts vom Apple Crumble ab.“ Sie zwinkert Anna zu.
„Keine Bange“, erwidert Anna grinsend. „Ich bin pünktlich!“

Warum muss Deutsch so schwer sein?

Anna, Alisha, Dina, Billi, Kate und Louise stehen pünktlich zur verabredeten Zeit vor der Schwimmhalle. Nur von den Jungs ist weit und breit noch nichts zu sehen. Conni und Mandy schieben ihre Räder in den Unterstand und begrüßen die Freundinnen.

„Sorry, dass ihr warten musstet“, sagt Conni außer Atem, „aber wir hatten ein kleines Problem mit Mandys Badeanzug.“

„I forgot my swimsuit in Brighton“, grinst Mandy. „Ich wusste nicht, dass es hier gibt eine Halle, um zu schwimmen.“

Conni rollt mit den Augen. Dass Mandy keinen eigenen Badeanzug im Gepäck hatte, war noch das geringste Problem. Zum Glück sind sie gleich groß, sodass sie ihr mühelos einen von ihren leihen konnte.

„Wollen wir auf die Jungs warten oder schon reingehen?“, fragt Anna.

„Wir gehen rein“, beschließt Conni. „Die werden uns schon finden.“

Wie auf Bestellung ertönen eine Autohupe und ein lauter Ruf: „Hey! Wartet auf uns!“

Ein schicker dunkelblauer Wagen hält vor dem Hallenbad. Nacheinander klettern Phillip, Toby und Paul heraus.

Phillips Vater winkt aus dem Autofenster, bevor er sich wieder in den Verkehr einreiht.

„Nice car“, murmelt Louise anerkennend.

Lachend betreten sie den Eingangsbereich und zeigen an der Kasse ihre Karten vor.

„Do they have Kartenkontrolleure hier?“, fragt Mandy und sieht sich ängstlich um.

Conni lacht. „Nein, nur einen Schwimmmeister.“

Wenig später planschen sie ausgelassen um die Wette. Das Schwimmbad ist fast leer. Nur ein Schwimmkurs belegt zwei abgesperrte Bahnen für sich.

Als die Jungs vorschlagen, einen Sprungwettbewerb vom Dreimeterbrett zu veranstalten, winken die Mädchen sofort ab – bis auf Louise, die keinem sportlichen Wettkampf widerstehen kann und den Jungs schon bald zeigt, dass sie auch im Turmspringen unschlagbar ist. Wie ein Wasserfloh hüpft sie

vom Dreier und dreht die verrücktesten Schrauben und Pirouetten, bevor sie elegant eintaucht.
Die anderen halten sich etwas abseits und schwimmen und tauchen ein paar ruhige Bahnen. Mandy legt sich auf den Rücken und krault langsam neben Conni her.
Der rot-weiß gestreifte Badeanzug steht ihr überhaupt nicht, stellt Conni fest und er beißt sich außerdem mit ihrer Haarfarbe. Sie kann ein Grinsen nicht unterdrücken.

„What's so funny?", will Mandy wissen.
„Gar nichts, nothing", versichert Conni schnell. „Ich find's einfach nur klasse, dass wir alle zusammen sind und Spaß haben."
„Me too", sagt Mandy. Sie legt ein paar Kraulschläge zu, dann holt sie tief Luft und taucht unter Conni durch. Prustend taucht sie wieder auf. „I only wish, wir würden bleiben ein bisschen longer in Germany."
Conni schluckt. Das Chlorwasser brennt plötzlich in ihren Augen. „Ja", sagt sie. „Das wäre wirklich really great!"
„It was great fun in die Schwimmhalle", sagt Mandy am nächsten Tag. „Und wenn du kommst mich besuchen in Brighton, wir gehen together an den beach, okay?"
„Ja, das wär toll", sagt Conni nachdenklich. Ihr Blick klebt an dem Pferdekalender über ihrem Schreib-

tisch. Nur noch ein einziger Tag, denkt sie, dann ist Mandy weg.

„Weißt du already, wann du wirst kommen nach Brighton mit deiner Klasse?“ Mandy liegt auf ihrem Bett und zupft an ihren Igelhaaren. „Ich hoffe, dass du wirst kommen in the summer. Dann es ist am schönsten am Meer.“

„Es steht noch gar nicht fest, dass wir überhaupt kommen“, sagt Conni. „Schüleraustausch gibt es an unserer Schule normalerweise erst in der neunten oder zehnten Klasse. Dass ihr uns besuchen durftet, war eine echte Ausnahme.“

„What does ‚Ausnahme‘ mean?“ Mandy setzt sich auf.

„Es bedeutet ‚exception‘.“ Conni muss lachen. Mandys lustige Fragen werden ihr fehlen.

„Oh, I see“, sagt Mandy nachdenklich. „So ich hoffe, du und deine friends werden es schaffen, Mrs Lindwurm überzureden, dass ihr müsst kommen nach Great Britain unbedingt.“

„Es heißt ‚zu überreden‘, nicht ‚überzureden‘“, korrigiert Conni sie. Sie krault Mau hinter den Ohren. Der kleine Kater schnurrt wie ein Motor.

Mandy stöhnt auf. „Oh, I hate it! Warum muss Deutsch sein so schwer zu lernen?“

„Hm, keine Ahnung“, meint Conni. „Ich finde, dein Deutsch ist schon viel besser geworden. Du musst nur noch ein bisschen üben, dann klappt das schon.“

„What bitte schön ist ‚üben'?", fragt Mandy verzweifelt.
„To practise, du Superhirn." Conni lacht. „Und bevor du jetzt auch noch fragst, was ‚Superhirn' heißt: It means superbrain!"
Mandy grinst. „Ah, danke schön very much!"
Sie steht auf und geht an den Schreibtisch. Sie hat ihre gesammelten Schätze und Souvenirs in den kleinen Pappkarton gelegt, den Conni ihr zu diesem Zweck gegeben hat. Direkt daneben liegt Connis Freundschaftsbuch.
„Hast du schon was eingetragen?" Conni guckt ihr neugierig über die Schulter.
„Yes, I did", sagt Mandy. „Aber ich brauche noch ein gutes Foto dazu."
„Nicht nötig", meint Conni. „Ich hab doch das Foto, das du mir geschickt hast."
Aber Mandy schüttelt den Kopf. „Nein, das ist viel zu old. Du brauchst eine new Bild von mir, wo ich sehe so aus, wie ich jetzt aussehe!"
„Hm, stimmt." Conni überlegt. Sie hat in den letzten Tagen so viele Fotos gemacht – darunter wird doch bestimmt auch ein gutes von Mandy sein, das sie ausdrucken und in das Freundschaftsbuch einkleben kann. Plötzlich hat sie eine viel bessere Idee. „Los, komm!", ruft sie.
„What's up?", fragt Mandy. „Warum so quick?"

„Wir machen draußen ein paar verrückte Selfies. Das Wetter ist so schön!“
„Okay.“ Mandy schnappt sich ihren Hut und läuft voraus. „Das ist eine great idea!“
Connis Mutter ist im Garten und gießt die Blumen in den großen Pflanzkübeln auf der Terrasse. „Hallo, ihr zwei! Was habt ihr vor?“
„Fotos machen.“ Conni wedelt mit dem Handy.
„Stellt euch am besten unter den alten Apfelbaum. Das sieht bestimmt hübsch aus.“ Mama lächelt.
Conni und Mandy grinsen sich an und stellen sich unter dem Baum in Positur. Sie machen eine ganze Serie von Selfies und bewundern das Ergebnis auf dem Display. Auf einem hat Conni den Strohhut auf.

„Hey, look at that! Two supermodels unter eine Applebaum!“, ruft Mandy begeistert.
„Supermodels?“ Conni kichert. „Ich glaub, davon sind wir meilenweit entfernt! Aber die Bilder sind echt klasse geworden. Eins schöner als das andere. Ich maile sie dir gleich.“
„Thank you very much“, sagt Mandy.
„Das hier ist am besten, oder?“ Conni zeigt auf eine Aufnahme. Sie und Mandy stehen nebeneinander und lachen sich an. „Das kommt in mein Freundschaftsbuch!“
„Ja, das ist great“, sagt Mandy. „Leider ich hab kein

Freundebuch, aber zu Hause ich werde das Foto ausdrucken, in eine Rahmen tun und in mein Zimmer hängen.“

Kein Freundschaftsbuch? In Connis Augen blitzt es auf. Sie hat eine Idee!

Bereit für die große Party

Am Abend vor der Abreise findet in der Schule ein großes Abschiedsfest statt. Alle sind eingeladen – Eltern, Großeltern, Geschwister und Freunde.
„Well, das könnte sein die perfekte Gelegenheit, um zu machen eine totally new Conni aus dir, denkst du nicht?“ Mandy sitzt im Schneidersitz auf ihrem Bett und säbelt mit einer Nagelschere und viel Hingabe ein paar zusätzliche Löcher in ihre ohnehin schon ramponierte Latzhose.
„Heute!?“ Conni schüttelt den Kopf. „Vergiss es! Ich mach mich doch nicht zum Gespött der Schule!“
„What does ‚Gespott‘ mean noch mal?“ Mandy schaut sofort im Netz nach. „Ah, hier steht’s: to make a fool of someone.“ Sie macht ein empörtes Gesicht. „Oh, no! Ich werde nicht machen ein Gespott aus dir! In the Gegenteil!“
Sie wirft Handy, Nagelschere und Latzhose achtlos beiseite und springt vom Bett. Eine Hand am Kinn,

die Augenbrauen zusammengezogen, tigert sie im Zimmer hin und her.
Conni beobachtet sie mit gerunzelter Stirn, sagt aber nichts.
Plötzlich bleibt Mandy stehen und schnippt mit den Fingern. „That's it!", ruft sie. „Hast du eine old Jeans zufällig? Eine pair of very old Jeans, die du nicht mehr brauchst zum Anziehen?"
„Ja, klar", nickt Conni. „Wozu?"
„You will see", erwidert Mandy. „Hol du mal die Jeans, ich machen die Rest, okay?"
Conni durchwühlt ihren Schrank. Irgendwo muss die alte Jeans doch stecken! Zuletzt hatte sie sie an, als sie ihr Fahrrad geputzt hat, das weiß sie genau. Sie ist schon ziemlich alt und verwaschen, hat einen kleinen Riss am Knie und ...
„Ich hab sie!", ruft sie triumphierend und wirft die alte Jeans in die Luft.
Mandy fängt sie auf und betrachtet sie von allen Seiten.
„Well, they are perfect", murmelt sie. Sie greift zur Nagelschere und wirft Conni einen fragenden Blick zu. „Und du bist absolutely sicher, dass du sie nicht mehr gebrauchen wirst?"
„Bestimmt nicht", antwortet Conni. „Mama wollte sie eigentlich schon wegwerfen, aber ..."
Bevor sie weitersprechen kann, hat Mandy schon

ihre Nagelschere in den blauen Jeansstoff versenkt. Blitzschnell schnippelt sie kleine sternförmige Löcher hinein und franst die unteren Saumnähte aus. Nach ein paar Minuten sieht die Jeans aus, als wäre sie unter einen Rasenmäher geraten.

„Versuch mal, please.“ Mandy hält Conni die Hose hin.

Kichernd schlüpft Conni hinein.

Mandy durchstöbert inzwischen ihre Hälfte des Kleiderschranks und zieht ein schwarzes T-Shirt mit abgeschnittenen Ärmeln heraus. Es trägt einen neonfarbenen Aufdruck: „Don’t feed me, I’m angry!“

Conni prustet los. „Fütter mich nicht, ich bin sauer“, übersetzt sie lachend. „Wenn Janette dich in dem T-Shirt sieht, hast du garantiert deine Ruhe!“ Sie dreht sich im Kreis und bewundert sich im Spiegel.

Mandy wirft ihr das T-Shirt an den Kopf und angelt eine Tube Haargel aus ihrem Rucksack.

Seufzend zieht Conni sich das „Don’t feed me, I’m angry“-T-Shirt über den Kopf und betrachtet ihr Spiegelbild. Sie muss laut lachen. Das T-Shirt ist viel zu groß.

„Du siehst so great aus!“, ruft Mandy. „Jetzt noch eine bisschen Styling fur deine Frisur!“

Konzentriert bearbeitet sie Connis Kopf mit dem

Stylinggel. Sie zupft hier, glättet dort und ist schließlich zufrieden.
„Alles ready für die große Party!", verkündet sie.
Conni ist sich da nicht so sicher. Mandy hat ihre Haare an den Seiten glatt gegelt. Auf dem Oberkopf stehen einzelne Strähnen wie Stacheln in die Höhe.
Als die beiden wenig später auf Socken die Treppe hinunterschleichen und sich bemühen, nicht loszuprusten, sitzt Mama an ihrem Schreibtisch im Wohnzimmer und sortiert Rechnungen. Papa hat es sich in seinem Sessel gemütlich gemacht und brütet über einem Sudoku-Rätsel.
Mandy und Conni stürzen gleichzeitig ins Wohnzimmer und rufen laut: „Tada!"
Papa lässt vor Schreck seinen Kuli fallen. „Ist denn schon Fasching?", ruft er und starrt die beiden Mädchen an.
Conni kann sich nicht länger beherrschen und prustet los. Mandy lehnt am Türrahmen und hält sich den Bauch vor Lachen.
„Wie siehst du denn aus?", fragt Mama grinsend.
„Cool, was?" Conni breitet die Arme aus und dreht sich einmal um sich selbst. „Mandy hat mich ein bisschen umgestylt."
„Oh ja, das sieht man!", meint Papa. Seine Mundwinkel zucken belustigt.
Mandy hat wirklich ganze Arbeit geleistet! Sie hat

nicht nur eine halbe Tube Haargel auf Connis Kopf verarbeitet, sondern mit einem Tönungsspray auch noch knallrote Strähnchen aufgesprüht. Dazu die Löcherjeans und das schwarze T-Shirt – Conni hatte selbst einige Mühe, sich im Badezimmerspiegel wiederzuerkennen.

Papa angelt unter dem Sessel umständlich nach seinem Kuli. Mandy kommt ihm zuvor. Mit einem Lächeln hebt sie den Kuli auf. „Bitte schön, Daddy."
„Äh, ja, danke", brummt er. „Thank you."
„Ich mach schnell ein Foto von euch!", ruft Mama. „Das muss unbedingt festgehalten werden!"
Conni und Mandy stellen sich rechts und links neben den Sessel und grinsen um die Wette.
„Say ‚cheese' and smile!", muntert Mandy Papa auf. Aber mehr als ein schiefes Grinsen bringt der nicht zustande.
„Willst du wirklich in dieser Aufmachung zum Abschlussfest gehen?", fragt Mama schließlich.
„Ach, nee", sagt Conni. „Wir wollten es nur mal ausprobieren."
„It was nur für Spaß!", bestätigt Mandy. „Obwohl du siehst echt supercool aus!"
„Ich bin aber nicht so mutig wie du", sagt Conni. „Jedenfalls heute nicht. Aber vielleicht ein anderes Mal!"

Papa brummt etwas. Es klingt wie: „Gott sei Dank!“ Conni dreht sich um und zieht Mandy hinter sich her.

„Los, komm! Ich muss mir die Haare waschen und mich umziehen. Und dann müssen wir langsam los, sonst kommen wir zu spät zu unserer eigenen Party!“

„Eigentlich hätten wir Herrn Fuchs und die Dame aus dem Verkehrsbüro auch einladen müssen, damit du dich von ihnen verabschieden kannst“, sagt Conni etwas später. Sie sitzt mit den anderen auf einer Fensterbank in der Aula und nuckelt an einer Limo. Das Outfit hat sie gegen ihre Lieblingssachen eingetauscht. In Turnschuhen, einer heilen Jeans und einem bunten T-Shirt fühlt sie sich wesentlich wohler und auch die Haare sehen nicht mehr aus wie nach einem Griff in die Steckdose bei Windstärke 12.

Mandy reißt die Augen auf. „Are you serious?“

„Nein“, gibt Conni zu. „Das war nicht ernst gemeint. Ich hoffe, ich werde die beiden niemals wiedersehen.“

„Me too“, sagt Mandy.

Phillips Vater, ein großer Mann mit grauen Haaren und einem offenen Lächeln, stellt in einer Ecke des Klassenzimmers eine Bluetooth-Box auf und checkt den Sound. Ein paar Jungs aus der Klasse haben die Fenster im Klassenzimmer mit Folie abgeklebt und an den Wänden Poster von Popstars und Fußballspielern aufgehängt.

Als Mark das Deckenlicht ausschaltet, blinken bunte Spots im Takt der Musik. An der Decke blitzt eine Glitzerkugel auf.

„Cool!", ruft Anna. „Das sieht ja aus wie in einer echten Disco!"

Arm in Arm mit Vicky, Ariane und Saskia wie üblich im Schlepptau, stelzt Janette vorbei und verzieht den Mund. „Woher willst du denn wissen, wie es in einer echten Disco aussieht?", fragt sie gehässig. „Da dürfen Babys wie du doch noch gar nicht rein!"

Vicky mustert Anna und die anderen, als ob sie eklige Insekten wären, und wendet sich gelangweilt ab.

Anna streckt Janette die Zunge raus. „Aber du weißt Bescheid, was? Du bist bestimmt jedes Wochenende in einer anderen Disco und tanzt die Nächte durch! Haha."

„Worauf du dich verlassen kannst." Janette wirft ihre langen Haare nach hinten und stolziert mit Vicky weiter. Ariane und Saskia tuscheln leise. Auf hohen

Absätzen stöckeln sie hinter Janette und Vicky her und geben sich große Mühe, nicht umzuknicken.
„Silly girls“, zischt Mandy ihnen hinterher.
In der Tür eines Nebenraums taucht Phillips Kopf auf.
„Hey, hat jemand Lust auf ein Match?“, fragt er. „Paul und ich haben einen Kicker aufgebaut!“
Louise springt sofort auf und verschwindet mit ihm in dem Raum. Wenig später hört man sie laut jubeln, begleitet von einem unterdrückten Fluch eines Jungen.
„Passt auf“, kichert Billi. „Jetzt schlägt sie die Jungs auch noch im Tischfußball!“
Als Mandy, Kate und Alisha aufstehen, um sich am Büfett etwas zu essen zu holen, ergreift Conni die günstige Gelegenheit. Sie nimmt Billi, Anna und Dina beiseite.
„Hört mal zu“, raunt sie ihnen zu. „Ich hab einen Plan!“
Sie stecken die Köpfe zusammen, während Conni ihnen erzählt, was für eine Überraschung sie sich für den morgigen Abschied ausgedacht hat.
„Klasse!“, sagt Anna sofort.
„Das machen wir!“, nickt Billi.
„Fragt sich nur, wann“, meint Dina.
Conni runzelt die Stirn. „Genau das ist das Problem. Wir können die Überraschung nur vorbereiten, wenn

wir unter uns sind. Wenn Mandy, Kate, Louise und Alisha vorher davon Wind bekommen, ist es keine Überraschung mehr."

„Wir verdrücken uns nachher in den Kunstraum", schlägt Anna vor. „Da haben wir alles, was wir brauchen. Vielleicht können wir die fertigen Teile sogar bis morgen da aufbewahren?"

Conni strahlt sie an. „Das ist genial! Wir weihen Herrn Engel ein. Er muss uns den Raum aufschließen und aufpassen, dass wir ungestört sind."

„Und morgen früh holen wir die Dinger rechtzeitig ab", sagt Billi. „Bis dahin sind sie doch trocken, oder?"

Dina nickt. „Klar."

Conni hält die Hand hoch. Die anderen klatschen sie ab.

„Cool", sagt sie. „Wir nennen das Ganze ‚Geheimaktion Goodbye', einverstanden? Paul und Phillip können uns helfen. Achtung!" Sie richtet sich auf. „Sie kommen zurück!"

Als Mandy, Alisha und Kate mit ihren gefüllten Tellern um die Ecke kommen, sitzen Conni, Anna, Dina und Billi wieder brav auf der Fensterbank und machen unschuldige Gesichter.

Conni steht auf. „Ich glaub, ich hol mir dann auch mal was vom Büfett", sagt sie und zwinkert den anderen beiläufig zu. „Was ist? Kommt ihr mit?"

„Ja, klar“, meint Anna. „Gute Idee!“
„Ich komm auch mit“, sagt Dina schnell.
Billi reibt sich den Bauch. „Meine Güte, hab ich einen Hunger“, murmelt sie. „Keine Ahnung, woher der so plötzlich kommt. Bis gleich! Wir treffen uns in der Disco, okay?“ Sie winkt den Engländerinnen zu.
Kichernd traben sie um zwei Ecken und bleiben vor der Tür zum Kunstraum stehen.
„Ich hol schnell den Schlüssel von Herrn Engel.“ Connis Augen funkeln vor Begeisterung.

Als sie mit ihrer Arbeit an der „Geheimaktion Goodbye“ fertig sind, ist das von einigen Müttern und Vätern betreute Büfett fast leergefegt. Aber das ist es wert, findet Conni. Eine gelungene Abschiedsüberraschung ist wichtiger als ein voller Magen!
Billis Vater, Herr Verdi, hat einen Rest Nudelsalat aufbewahrt, den er den vier Freundinnen mit einem charmanten Lächeln überreicht. Billis Mutter legt noch etwas Knoblauchbrot dazu.
„Sagt mal, habt ihr gemalt?“, fragt sie naserümpfend. „Ihr riecht, als wärt ihr in einen Farbeimer gefallen.“
„Äh, ja“, sagt Billi schnell. „Wir haben ein Poster für

die Klassendisco gepinselt!“ Sie macht ein unschuldiges Gesicht.
„Ja, stimmt“, kommt Conni ihr zu Hilfe. Sie zupft an Billis T-Shirt und zischt ihr zu: „Ich glaube, wir erregen Verdacht. Lass uns verschwinden!“
„Wo habt ihr denn gesteckt?“, fragt Paul. Er lehnt mit Phillip und Toby an der Wand neben der Disco.
Phillip hebt schnuppernd die Nase. „Kann es sein, dass es hier nach frischer Farbe riecht?“
„Nö“, kichert Billi. „Ich riech nichts.“
„Ich auch nicht“, versichert Anna mit Unschuldsmiene. Sie verschwindet mit Billi, Dina und Toby in der Disco.

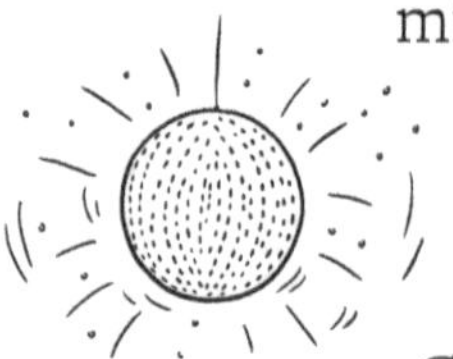

Phillip runzelt die Stirn. „Was ist eigentlich los?“
Conni weiht ihn und Paul in die „Geheimaktion Goodbye“ ein.
„Coole Idee“, grinst Phillip.
Paul nickt. „Ist gebongt!“
„Wollen wir eigentlich den ganzen Abend hier herumstehen?“, wechselt Phillip das Thema. „Vielleicht geht in der Disco ja was ab? Kommst du mit?“ Er wirft Conni einen prüfenden Blick zu.
Die schluckt.
Phillip will mit mir in die Disco!, denkt sie entsetzt. Hoffentlich will er nicht mit mir tanzen. Bestimmt blamier ich mich bis auf die Knochen!

„Äh, ich hol mir nur noch schnell was zu trinken, okay?" Sie dreht sich um. „Ich komm gleich nach."
Phillip lässt sie nicht aus den Augen. „Aber nicht vergessen", sagt er. „Ich warte hier auf dich."
Conni hat das Gefühl, als würde ihr Herzschlag ein paar Takte aussetzen. Außerdem spürt sie, dass ihr Gesicht die Farbe einer überreifen Tomate angenommen haben muss. Ihre Wangen glühen jedenfalls wie bei einem Sonnenbrand.
„Ist gut", krächzt sie. „Bis gleich."
Hilfe!, denkt sie, während sie den langen Gang entlangstolpert. Wo sind Anna und die anderen? Immer wenn man sie dringend braucht, sind sie nicht da!
Plötzlich fällt ihr ein, dass Anna ja schon in der Disco ist.
„Na gut", schnaubt sie und macht entschlossen kehrt. „Wenn Anna sich traut, trau ich mich auch! Wär ja wohl gelacht! Ha!"

Kein Abschied für immer

Als Conni und Mandy Stunden später todmüde nach Hause kommen, packt Mandy ihre Sachen zusammen. Sie räumt Regale und Schubladen aus und stopft alles in ihre riesige Reisetasche.
Conni seufzt. „Das Zimmer wird mir ganz schön leer vorkommen ohne dich."
Mandy nickt. Sie nimmt ihren Souvenirkarton vom Schreibtisch und legt ihn oben auf ihre Klamotten. Dann reicht sie Conni das Freundschaftsbuch.
„Here. Ich habe etwas geschrieben für dich. I hope, du magst es."
Vorsichtig schlägt Conni das Buch auf und liest, was Mandy eingetragen hat.

Mein Name: Mandy (Amanda) Livingston
Mein Geburtstag: 5th January
Meine Hobbys: my dog Harry, swimming, skating, music, friends

Was ich mag: fish and chips, Germany, ice cream with Streuseln, lipgloss with raspberry-taste, my friend Conni Klawitter
Was ich nicht mag: Busfahrscheinkontrollers, Kaufhausdetectives, Heimweh
Was ich Dir wünsche: LUCK!

Auf der gegenüberliegenden Seite prangt das Foto von Conni und Mandy unter dem Apfelbaum, daneben steht ein kleines Gedicht:

Friendship is a precious thing,
Let us shout and let us sing.
Let us stay best friends forever,
So we will forget us never!

Your friend forever,
Mandy

„Wow“, sagt Conni leise. „Das ist toll! Vielen Dank!“
„Ich habe es selbst geschrieben“, sagt Mandy verlegen.
„Das hast du selbst gedichtet?“, staunt Conni. „Echt?“
Mandy nickt. „I love poems and rhymes.“
Leise liest Conni das Gedicht noch einmal vor.
Mandy bewegt lautlos die Lippen dazu.

„Danke“, sagt Conni noch einmal. „Das ist das tollste Freundschaftsgeschenk, das ich jemals bekommen habe!“
Conni ist müde und hellwach zugleich. Sie liegt auf dem Rücken und starrt in die Dunkelheit.
„Kannst du schlafen?“, flüstert Mandy ihr zu.
„Nein“, flüstert Conni zurück.
„Ich auch nicht“, stöhnt Mandy. „Am besten, wir bleiben wach und erzählen uns ein paar jokes.“
„Gute Idee“, findet Conni. Sie stopft sich ihr Kissen in den Rücken, aber sosehr sie sich auch anstrengt, ihr wollen beim besten Willen keine Witze einfallen. „Ich glaub, ich bin zu deprimiert.“
„Me too.“ Mandy seufzt und wechselt das Thema: „Dieser Phil ... er ist ein netter boy, isn't he?“
„Ja“, sagt Conni. „Er ist echt nett.“ Sie denkt an Phillip und an den Abend in der Disco. Sie haben sich unterhalten und viel gelacht, aber nicht miteinander getanzt.
Komisch, denkt sie. Als ob sich keiner getraut hat, den ersten Schritt zu machen. Sie zögert kurz, bevor sie fragt: „Hattest du schon mal einen Freund?“
„A boyfriend? No“, kommt die prompte Antwort. „Das kann noch ein bisschen warten, I think.“
Stimmt, denkt Conni und kuschelt sich tiefer in ihr Kissen. Das kann wirklich noch ein bisschen warten.

Am nächsten Morgen sind Mandy und Conni müde und schweigsam. Die halbe Nacht haben sie wach gelegen, sich unterhalten und auch ein bisschen geweint. Ihr Frühstück rühren sie kaum an.
Mandy hat ihr schwarzes T-Shirt an. Ihr finsteres Gesicht macht dem Aufdruck „Don't feed me, I'm angry!" alle Ehre.
Als sie seufzend aufsteht und sich bei Connis Mutter für alles bedankt, wischt sich Frau Klawitter eine Träne aus dem Augenwinkel.
„Ach, ich hasse Abschiede", sagt sie und nimmt Mandy in den Arm. „Pass gut auf dich auf und melde dich, ja?"
Mandy nickt und wuschelt Jakob durchs Haar. „See you, little one! Take care."
„Bye-bye", sagt Jakob leise.
Sogar er ist traurig, denkt Conni. Sie steht mit hängenden Schultern neben Mandy und hat einen dicken Kloß im Hals. Sie schluckt und schluckt, aber statt zu verschwinden, wird der Kloß immer dicker.
„Können wir?" Papa steht mit den Autoschlüsseln in der Hand an der Tür.

„Ja“, sagen Conni und Mandy gleichzeitig. Sie gucken sich an und lächeln.
An der Schule verabschiedet sich Mandy von Papa und gibt ihm einen Kuss auf die Wange.
„Bye, Daddy Klawitter“, sagt sie.
Papa grinst, als er ihre Tasche aus dem Kofferraum hievt. „Ich weiß“, sagt er, „du kannst sie allein tragen. You are a very strong Mädchen!“
Mandy lacht. „Yes, I am!“
Als Papa weg ist, dreht Conni sich um. Die anderen warten schon auf sie.
Anna und Alisha haben verweinte Augen. Billi, Kate, Dina, Paul, Louise und Toby stehen mit betretenen Gesichtern neben ihnen am Schultor.
Phillip kommt auf Conni zu.
„Hier“, sagt er leise und drückt ihr eine Plastiktüte in die Hand. „Geheimaktion Goodbye. Alles erledigt.“
„Super“, flüstert Conni zurück. Sie wendet sich um und stopft die Tüte in ihren Rucksack. „Vielen Dank!“
Mandy hebt fragend die Augenbrauen, sagt aber nichts.
Ein lautes Hupen ertönt. Alle Köpfe fahren herum. Conni stöhnt auf.
Der rote Reisebus, der langsam auf den Schulparkplatz rollt, ist genau derselbe, mit dem die Gastschüler gekommen sind, stellt sie fest. Sogar der Busfahrer ist derselbe wie vor zehn Tagen. Er stellt den

Motor aus, öffnet die Türen und steigt aus, um Frau Lindmann und Mr Brownstone zu begrüßen. Dann klappt er die seitlichen Gepäckluken auf.
Es ist so weit, denkt Conni und schluckt.
„Time to say goodbye!“, ruft Mr Brownstone. Schwungvoll schiebt er seinen Rollkoffer in das Gepäckfach und klatscht in die Hände.
Conni und Mandy sehen sich an. Dann umarmen sie sich, so fest sie können.
„I will miss you!“, schluchzt Mandy auf.
„Ich werd dich auch vermissen“, schnieft Conni. „Very much sogar! Wir mailen uns und chatten, versprochen?“
Mandy nickt.
„Ich hab noch was für dich.“ Conni angelt ein flaches Geschenk aus ihrem Rucksack und reicht es Mandy. „Hier, ein Abschiedsgeschenk.“
„For me?“ Mandy macht große Augen.
„Ja. Mach's auf!“
Mandy reißt das Geschenkpapier auf. „But that is ...“
„Ein Freundschaftsbuch“, vollendet Conni ihren Satz. „Ich hab auch schon was reingeschrieben.“
„My best friends.“ Mandy streichelt über den Einband. „That is so ...“ Schluchzend fällt sie Conni um den Hals. „It's so great, thank you!“
Sie schlägt das Buch auf. Conni hat zwei Fotos eingeklebt: das von ihnen unter dem Apfelbaum und ein

zweites, das sie und Mandy mit dem gequält lächelnden Papa in der Mitte zeigt. In Schönschrift hat sie ihren Lieblingsspruch danebengeschrieben:

Hast du Kummer? Hast du Sorgen?
Soll ich dir ein Lächeln borgen?
Nimm es mit und nütz es gut,
damit es seine Wirkung tut.
Hilft es dir und bringt es Glück,
gib's mir irgendwann zurück.

„Thank you so much", sagt Mandy lächelnd. Sie drückt das Buch an ihre Brust. „I love it. It's great! But ich habe nichts für dich, I'm sorry."
„Ach, das macht doch nichts", sagt Conni.
„Well ..." Mandy grinst. „I think, ich habe doch etwas!" Sie nimmt den Strohhut ab und setzt ihn Conni auf.
„Here, der ist für dich! Zum Erinnern an mich und die great time, wir hatten zusammen."
Conni ist total überrumpelt.

„Aber der gehört doch dir!", sagt sie.
„Jetzt er gehört dir", entgegnet Mandy grinsend.
„Wow! Vielen Dank." Conni rückt die ungewohnte Kopfbedeckung zurecht.
„It's time to go, girls and boys!", ruft Frau Lindmann. „Bitte verstaut euer Gepäck und steigt ein!"

Mandy schultert ihre Riesentasche und verzieht das Gesicht. „I think, I have to go now."
„Ja, sieht so aus", seufzt Conni. Sie lächelt und umarmt die Freundin ein letztes Mal. „Mach's gut. See you!"
Bevor sie einsteigen, verabschieden sich Louise, Kate, Alisha und Toby von Conni. Sie kann sehen, dass sie auch geweint haben. Ihnen allen scheint der Abschied mächtig schwerzufallen.
Ohne sich noch einmal umzudrehen, stapft Mandy mit den anderen zum Bus und wirft ihre Tasche in die offene Klappe zu dem anderen Gepäck. Dann klettert sie in den Bus und sucht sich einen freien Fensterplatz.
Conni, Anna, Billi und Dina halten sich an den Händen fest. Sie lachen und weinen, winken und rufen gleichzeitig.
Mandy, Louise, Kate und Alisha drücken ihre Nasen an den Fenstern platt und winken zurück.
Als der Busfahrer schließlich die Türen schließt und der Bus sich gemächlich in Bewegung setzt, ruft Conni: „Jetzt! Achtung, fertig, los: Geheimaktion Goodbye!"
Sie zieht die Tüte aus ihrem Rucksack. Ein Plakat entfaltet sich. Schnell drückt sie Anna eine Ecke davon in die Hand.
Im selben Moment ziehen Dina, Billi und Phillip

kleine Fähnchen aus ihren Taschen. Während sie mit ihren selbst gebastelten britischen Union Jacks

winken, hält Paul eine Deutschlandfahne hoch und schwenkt sie wie verrückt hin und her.
„Hab ich von der letzten Fußballweltmeisterschaft“, erklärt er grinsend.
Conni und Anna halten ihr Plakat hoch.

GOODBYE FRIENDS!

haben sie in leuchtenden Großbuchstaben daraufgeschrieben.
„Bis bald!“, ruft Conni, als der Bus um eine Ecke biegt. „Wir sehen uns in Brighton!“
Sie winkt mit dem Hut. Hinter einem der Fenster sieht sie Mandys lachendes Gesicht. Und dann ist der Bus verschwunden.
Bedrückt bleiben alle auf dem Parkplatz stehen. Keiner sagt etwas. Pauls Fahne hängt schlaff herunter. Conni und Anna lassen ihr Plakat sinken.
„Tja, das war's dann wohl“, murmelt Billi betreten.
Frau Lindmann kommt zu ihnen.
„Nun lasst mal die Köpfe nicht hängen“, sagt sie freundlich. „Ich bin sicher, ihr seht eure Freunde schon bald wieder. Und bis dahin könnt ihr telefonieren und chatten. Es gibt so viele Möglichkeiten.“

„Ob sie Mr Brownstone auch Mails schickt oder ihn anruft?“, raunt Anna den anderen zu.

„Na klar“, kichert Billi. „Die können es bestimmt kaum erwarten, sich möglichst bald wiederzusehen.“

„Ist doch klasse!“, grinst Conni. „Je schneller der Lindwurm eine Klassenfahrt nach England durchboxt, desto eher sehen wir auch die anderen wieder!“

„Ganz schön raffiniert“, meint Phillip anerkennend. Conni nickt zufrieden. Dann dreht sie sich um und geht langsam auf das Schulgebäude zu. Es war eine tolle Zeit mit Mandy und sie werden sich ganz bestimmt wiedersehen. Aber jetzt sind die alten Freunde wieder dran. Sie hakt sich auf der einen Seite bei Anna unter, auf der anderen bei Billi. Billi hakt sich bei Dina ein. Seite an Seite stapfen sie die breite Schultreppe hoch, gefolgt von Phillip und Paul und den anderen.

So muss es immer sein, denkt Conni. Wir alle zusammen. „Wollen wir nach der Schule ein Eis essen gehen?“, fragt Anna nach einer ganzen Weile.

„Great idea!“ Conni wirft Mandys Strohhut in die Luft und fängt ihn lachend wieder auf. „I love ice cream with Streuseln, you know?“

Liebe Conni-&-Co-Fans,

die Idee zu diesem Buch ist bereits 2008 entstanden. Damals war vieles anders als heute. Bis auf einige Wissenschaftler hat wohl kaum jemand damit gerechnet, dass eines Tages ein Virus auftauchen könnte, das unser Leben komplett auf den Kopf stellen und uns die Freiheit nehmen würde, die wir bis dahin als selbstverständlich betrachtet haben. Homeschooling war ein Fremdwort. Wir mussten keine Masken tragen, durften überallhin verreisen, konnten ins Kino oder ins Schwimmbad gehen und unsere Freunde jederzeit sehen. Corona gab es einfach noch nicht. Das klingt heutzutage fast unvorstellbar, oder?
Als ich dieses Buch für die jetzige Neuauflage überarbeitet habe, war unser Alltag immer noch vom Virus geprägt. An einen Austausch zwischen zwei Schulen – noch dazu zwischen zwei Ländern – war nicht zu denken. Für manche von euch wird dieses Conni-Abenteuer daher vielleicht wie eine ziemlich fantastische Geschichte klingen. Es kann aber auch sein, dass Corona inzwischen überstanden und unser Leben wieder einigermaßen normal ist. Ich weiß es nicht, aber ich drücke beide Daumen, dass es so ist.

Auf jeden Fall hoffe ich, dass ihr viel Spaß mit der Geschichte rund um Conni und ihre Austauschschülerin habt. Denn eins steht fest: Mit einem Buch kann man immer und überall wunderbar auf Reisen gehen – sogar, wenn die Welt, in der wir leben, vielleicht gerade mal nicht so schön ist.
Wie sagt Phillip immer? Alles wird gut. Das wünsche ich euch von ganzem Herzen.

Bis zum nächsten Abenteuer von Conni & Co!

Eure Dagmar Hoßfeld

Mandys Rezept für Apple Crumble

Du brauchst:

500 g Äpfel
100 g Butter
100 g Zucker
175 g Mehl
Zimt (Cinnamon!) nach Geschmack
1 Zitrone

So wird's gemacht:
Die Äpfel schälen und in Spalten schneiden.
Die Zitrone auspressen und die Apfelspalten mit dem Saft beträufeln.
Eine Auflaufform mit Butter einfetten und die Apfelspalten hineinlegen.
Aus Butter, Zucker, Mehl und Zimt einen Streuselteig kneten und die Streusel auf den Äpfeln verteilen.

Bei 200 Grad ungefähr 30 Minuten backen und mit whipped cream (Schlagsahne) servieren.

Achtung: Suchtgefahr!

Guten Appetit!

Neugierig auf mehr von Conni?

Hier kommt eine Leseprobe aus Band 4:

Conni, Billi und Anna rollen ihre Schlafsäcke bei Anna auf dem Fußboden aus, verteilen ein paar Kuschelkissen und legen sich bäuchlings drauf. Nicki kommt ins Zimmer und beschnuppert alles aufgeregt, bevor er sich behaglich seufzend zwischen die Mädchen legt.
„Hach, ich liebe Übernachtungspartys", seufzt Billi, während sie sich mit der einen Hand abwechselnd Chips, Popcorn und Gummibärchen in den Mund schiebt und mit der anderen Nicki krault.
„Ich auch", sagt Conni. Sie nimmt einen Schluck Limo und rülpst leise.
„Freut ihr euch eigentlich auf die Unterstufenparty?", fragt Dina.
„Logo", meint Billi. „Ist doch mal was anderes."
Conni und Anna nicken.

Dina zögert, dann sagt sie: „Ja, stimmt. Aber wir machen eine Disco, und wenn man in eine Disco geht, muss man mit Jungs tanzen, oder?" Sie grinst verlegen. „Habt ihr schon mal mit einem Jungen getanzt?"
„Ähm", macht Anna.
Billi zieht die Stirn kraus und legt einen Finger auf ihre Nasenspitze.
„Nö", sagt sie.
„Also, ich glaub nicht, dass man das muss", meint Conni nachdenklich. „Dazu kann einen doch schließlich keiner zwingen, oder?"
Die Mädchen gucken sich ratlos an.
„Und wenn doch?", fragt Dina. „Wenn ein Junge auf dich zukommt und dich fragt, ob du mit ihm tanzen willst?"
„Dann kann man immer noch Nein sagen", sagt Billi überzeugt. „Hoffentlich", fügt sie hinzu.
„Aber wäre das nicht ziemlich peinlich?", meint Dina. „Das würde doch so aussehen, als ob man sich nicht traut."
„Wenn ich an die Jungs aus unserer Klasse denke, leg ich eigentlich gar keinen Wert darauf, mich zu trauen", kichert Anna. „Oder könnt ihr euch vorstellen, mit Tim oder Paul zu tanzen?"
Conni grinst. „Irgendwie nicht. Ich glaub, ich würde mir ziemlich albern vorkommen."

„In einer Disco muss man nicht mit Jungs tanzen", sagt Billi. „Da tanzt jeder für sich."
„Echt?" Dina macht ein zweifelndes Gesicht. „Auch zu langsamer Musik?"
„Manchmal schon", brummt Billi. „Kommt ganz darauf an."
„Worauf?", fragt Conni.
„Keine Ahnung." Billi grinst. „Ich war noch nie in einer Disco. Jedenfalls nicht in einer richtigen."
„Ich auch nicht", gibt Anna zu. „Nur in unserer Abschiedsdisco, die wir für die Austauschschüler gemacht haben, und da haben wir uns ja nur unterhalten und nicht getanzt. Aber zum Glück machen wir eine Karaoke-Disco. Da kommt es doch mehr aufs Singen und nicht so doll aufs Tanzen an, oder?"
„Stimmt", sagt Dina und gähnt. „Glaubt ihr eigentlich, dass die Jungs sich auch solche Gedanken machen?"
„Nee, bestimmt nicht", sagt Billi sofort.
„Vielleicht doch", meint Conni. „Wer weiß?"
Anna legt die Blu-ray ein. „Ich kann mir echt nicht vorstellen", sagt sie, „dass die Jungs aus unserer Klasse sich viele Gedanken über etwas anderes als Fußball und die Bundesligatabelle machen. Die sind doch so was von unreif!" Sie lässt sich auf einen Kissenstapel fallen. „Das ist sogar wissenschaftlich erwiesen!"
Conni runzelt die Stirn. „Was?"

„Dass Jungs Spätentwickler sind“, erwidert Anna. „Die hinken uns Mädchen entwicklungstechnisch locker zwei Jahre hinterher.“ Sie drückt auf Start und macht es sich bequem. „Deshalb bin ich dafür, dass wir ein paar ältere Jungs einladen. Aus der Achten oder Neunten.“

„Spinnst du?“ Dina fährt hoch.

„Nein“, meint Anna. „Aber ich hab keine Lust, einen Disco-Abend mit Jungs zu verbringen, die nur in der Ecke stehen und sich über Fußball unterhalten.“

„Phillip redet nicht nur über Fußball“, protestiert Conni. „Der hat auch andere Interessen.“

Über den Rand ihrer Brille hinweg wirft Anna ihr einen Blick zu. „Der ist auch ein Jahr älter als der Rest. Womit meine Theorie bewiesen wäre.“ Sie rekelt sich in ihre Kissen und greift in die Chipstüte. „Und jetzt Themenwechsel. Der Film fängt an!“

Nach dem Film sind alle richtig müde geworden. Bald ist es still im Zimmer. Dina und Billi schlafen. Nur Conni und Anna tuscheln noch leise miteinander.

„Würdest du echt einen älteren Jungen zu unserem Schulfest einladen?“, flüstert Conni Anna zu.

„Ich weiß nicht“, flüstert die zurück. „Wenn ich mich trauen würde, vielleicht. Aber ich trau mich bestimmt nicht.“ Sie macht eine Pause und schüttelt

ihr Kopfkissen zurecht. „Ich wüsste auch gar nicht, wen.“
„Ich auch nicht“, flüstert Conni. „Aber die Jungs in unserer Klasse sind doch eigentlich auch ganz nett.“
„Ein paar schon“, murmelt Anna. „Aber die meisten kannst du voll vergessen.“ Sie rollt sich auf die Seite. „Wir werden’s ja sehen. Gute Nacht.“
Conni mummelt sich tiefer in ihren Schlafsack. Es ist urgemütlich.
„Gute Nacht“, flüstert sie zurück.

Neugierig auf noch mehr von Conni?

Hier kommt eine Leseprobe aus dem ersten Band der Reihe Conni 15:

Ich bin fünfzehn.
Seit genau einer Sekunde.
Mein Herz schlägt einen Salto.
»Herzlichen Glückwunsch zum Geburtstag!«, flüstere ich in die Dunkelheit.
Der jaulende Klang einer elektrischen Gitarre bringt mich etwas aus dem Konzept. Obwohl ich nicht geschlafen habe (ich war viel zu aufgeregt, um überhaupt ein Auge zuzubekommen), zucke ich zusammen und würge den Klingelton meines Uralthandys schnell ab. Das Gitarrensolo ist ein bisschen zu laut um diese Uhrzeit. Nebenan schlafen meine Eltern, Jakob schnarcht gegenüber leise vor sich hin. Muss nicht sein, dass sie mitbekommen, dass ich mitten in der Nacht telefoniere.

»Halloo?«, melde ich mich unschuldig und halte die Luft an. Natürlich weiß ich, wer dran ist. Es leuchtet mir in Großbuchstaben vom Display entgegen und ist nicht mal im Dunkeln zu übersehen: PHILLIP.
»Happy birthday to you, happy birthday to you ...«, singt er leise.
Seine Stimme klingt verschlafen und ein bisschen kratzig. Im Gegensatz zu mir hat er bestimmt schon geratzt. Er muss sich extra den Wecker gestellt haben, um mir als Erster zum Geburtstag zu gratulieren. Der süßeste Junge der Welt hat zu meinem Geburtstag gesungen!
Neben mir streckt sich Mau und schmatzt. Ich kraule ihn mit einer Hand, während ich Phillips Geburtstagsständchen lausche, das sich langsam in Richtung Finale bewegt. Mau sabbert begeistert.
»Alles Liebe zum Geburtstag«, sagt Phillip feierlich. »Du hast einen Wunsch frei!«
»Danke.« Mein Herzschlag beruhigt sich etwas und macht einem äußerst wohligen Gefühl Platz. Ich kuschele mich tiefer in mein Kissen und presse das Handy ans Ohr.
»Und?«, fragt Phillip. »Wie fühlst du dich? Anders als gestern?«
Ich schüttele den Kopf. »Kein bisschen.«
»Das kommt noch«, verspricht er. »Wart's ab.«
»Na, hoffentlich«, seufze ich.

Phillip muss es wissen. Er ist schließlich ein ganzes Jahr älter als ich.

Mau springt vom Bett auf die Fensterbank, schiebt seinen Kopf durch einen Spalt im Vorhang und späht hinaus in die Nacht. Sein Schwanz zuckt hin und her. Was er wohl sieht?

Ich unterdrücke ein Gähnen und frage Phillip, was er mir schenkt. Immerhin ist seit ein paar Minuten offiziell mein Geburtstag. Da wird man sich doch wohl nach den Geschenken erkundigen dürfen, oder? Schließlich möchte ich wissen, worauf ich mich freuen kann. Aber Phillip bleibt stur.

»Sei nicht so neugierig«, sagt er, sosehr ich auch bettele. »Lass dich einfach überraschen.«

Wir reden ein bisschen hin und her, über den Vormittag in der Schule, der uns in wenigen Stunden bevorsteht und von dem wir nicht wissen, wie wir ihn überleben sollen, und über meine Geburtstagsparty, die am Abend steigen soll. Mit meinem Geburtstermin hätten meine Eltern sich ruhig ein bisschen mehr Mühe geben können, finde ich. Ich meine, wer hat schon freiwillig am 30. April Geburtstag? In unseren Breitengraden liegt da manchmal noch Schnee. Oder es regnet in Strömen. Echt super für Gartenpartys und Grillfeste. Der einzige Vorteil ist, dass morgen der 1.-Mai-Feiertag ist, denn das bedeutet – bingo! – schulfrei. Juhu!

Bevor wir uns verabschieden, versuche ich es noch einmal: »Wann krieg ich mein Geschenk? Doch nicht etwa erst heute Nachmittag, oder? Das halt ich nicht aus!«
»Soll ich's dir lieber in der Schule geben? Vor allen anderen? Ist nicht dein Ernst, oder?«
Ich kann geradezu spüren, wie Phillips dunkle Augen tief in meine blicken. Blicken würden, meine ich. Wenn er jetzt hier wäre. Neben mir. In meinem Zimmer. Äh, wo waren wir gerade?
»Nee, nicht wirklich«, gebe ich zu. »Aber vielleicht vorher?«
Phillip lacht, aber dann sagt er: »Okay. Wir treffen uns vor der Schule im Park. Halb acht an der Entenbrücke?«
»Yes!«, jubele ich.
»Freu dich nicht zu früh«, dämpft er meine Erwartungen. »Du weißt schließlich noch nicht, was es ist!«
»Egal, ich freu mich trotzdem!« Und das meine ich genau so, wie ich es sage. »Bis dann!«
»Bis dann«, sagt Phillip und gähnt.
Ich habe das Handy gerade fröhlich geknutscht und auf den Nachttisch zurückgelegt, als es sich noch einmal meldet. Diesmal ist es eine SMS, natürlich auch von Phillip: »SGUTS!«
SGUTS? Was soll das denn heißen? Sieben Gartenzwerge unter tausend Socken vielleicht? Sechs große

Ufos taumeln südwärts? Hmmm, das ergibt nicht wirklich Sinn. Ich versuche es noch einmal.
Schlaf gut und träum süß? Das ist ein guter Plan!
Irgendwie muss ich nach dem Anruf tatsächlich eingeschlafen sein. Als ich wieder aufwache, ist es kurz vor halb sieben. Fast schon Zeit zum Aufstehen. Mau liegt auf meinen Füßen und schnurrt im Schlaf. Ich strecke mich vorsichtig, um ihn nicht zu wecken, und verschränke die Hände im Nacken.
»Fünfzehn«, sage ich leise vor mich hin. »Eine Fünf und eine Zehn.«
Ich lege mir die Zahlen auf die Zunge, drehe sie in meinem Kopf hin und her und betrachte sie von allen Seiten. Fühlt es sich anders an als gestern? Fühle ich mich anders? Wenn ja, wie? Gestern war ich noch vierzehn. Wo ist der Unterschied? Ob es einen gibt? Oder ist das Ganze nur Gerede und jedes neue Lebensjahr gnadenlos überbewertet?
Nein, das kann nicht sein. Irgendetwas muss anders sein, beschließe ich. Immerhin habe ich fünfzehn Jahre meines Lebens darauf hingearbeitet, fünfzehn zu sein. Besonders das letzte Jahr war echt hart. Ich konnte es kaum erwarten, endlich älter zu werden. Und zwar nicht nur, weil es dann mehr Taschengeld gibt. Aber soll das alles sein? Zehn Euro mehr im Monat und eine weitere Kerze zum Auspusten auf der Torte?

Hm ...
Ich grüble und grüble, aber außer dass ich jetzt den Mofa-Führerschein machen dürfte (was mir meine Eltern sowieso nie erlauben würden), fällt mir nicht viel ein, was anders sein könnte. Jedenfalls nichts wirklich Positives. Im Bus muss ich jetzt zum Beispiel einen sauteuren Erwachsenenfahrschein lösen, es sei denn, ich mache mich klein und piepse »Einmal zur Schule, bitte!«. Danke, darauf kann ich gut verzichten.
Trotzdem. Mit vierzehn ist man irgendwie noch ein Kind, finde ich. Zumindest wird man so behandelt. Mit fünfzehn ist man dagegen schon fast erwachsen. Es MUSS also einen Unterschied geben.
Ich werfe einen Blick auf den Kalender, der über meinem Schreibtisch hängt. Da steht es schwarz auf weiß: Heute ist der 30. April, mein Geburtstag. Ab heute habe ich genau ein Jahr Zeit, um den Unterschied herauszufinden – falls es einen gibt. Ich bin ja sooo neugierig!
Ein einzelner Sonnenstrahl stiehlt sich durch den schmalen Spalt zwischen den Vorhängen und malt einen goldenen Kringel an die Tapete. Kleine Staubkörnchen tanzen in der Luft. Ich liege in meinem Bett und warte. Darauf, dass ich mich anders fühle. Und darauf, dass meine Familie endlich auftaucht, um mir zu gratulieren.

»Happy birthday to youuu, happy birthday to youuuu ...«, singt jemand im Flur.
Es geht los! Ich flutsche tief unter meine Decke und stelle mich schlafend.
»Guten Morgen, Geburtstagskind!«, ruft meine Mutter, fröhlich wie immer. Die ist jeden Morgen gnadenlos gut drauf, egal wie früh es ist, ob's stürmt oder schneit. Echt unglaublich.
Jemand zieht mir die Bettdecke weg. Das kann nur Jakob sein. Na warte! Ich erwische einen Zipfel und ziehe mit voller Kraft zurück. Jakob fällt halb auf mich und grinst.
»Häppi Börsdeh, du alte Schwester«, sagt er.
Er war gestern beim Friseur und sieht aus wie ein kleines Hähnchen. Die Haare sind stachelig kurz geschnitten und in der Mitte zu einem kleinen Kamm gegelt. Seit er auf die Gesamtschule geht, legt er Wert auf sein Äußeres. Sehr süß.
»Danke«, sage ich und befreie mich von ihm, um meine Geschenke entgegenzunehmen. Vorher hält mein Vater mir allerdings noch einen Schokoladenkuchen mit fünfzehn Kerzen unter die Nase. Da ist sie also, die Zusatzkerze! Ich hole tief Luft, kneife die Augen zusammen und puste. Dann werde ich umarmt. Links von Papa, rechts von Mama. Irgendwo dazwischen sind Jakob und der Kuchen. Und Mau, der von dem Radau aufgewacht ist und

mitspielen will, indem er versucht, meine Zehen zu fangen.

»Aua!«, protestiere ich. »Lass das! Ich hab Geburtstag!«

»Beeil dich, Conni«, sagt meine Mutter. »Unten wartet dein Geburtstagstisch auf dich.«

Mein Vater stellt den Kuchen auf den Nachttisch. Wie jetzt, keine Geschenke? Na gut, vielleicht ist es etwas Größeres. Ich will mal nicht so sein. Eigentlich habe ich mir ein iPad gewünscht, und das ist nun wirklich nicht so groß, als dass meine Eltern es nicht hätten nach oben tragen können. Es muss also etwas anderes sein. Fragt sich nur was? Ein rosa Elefant vielleicht?

PARTY-FIEBER

Dagmar Hoßfeld
CONNI & CO 4:
CONNI, ANNA UND
DAS WILDE SCHULFEST
Hardcover
208 Seiten
ISBN 978-3-551-55874-9
Auch als E-Book erhältlich

BALD STEIGT DIE GROSSE UNTERSTUFENFETE. Das wird ein Riesenspaß. Conni, Anna, Billi und Dina wollen sich um die Cocktails und die Musik kümmern. Aber Anna ist gar nicht bei der Sache. Ihr neuer PC und das Chatten scheinen spannender zu sein als ihre Freundinnen. Und wer ist eigentlich dieser geheimnisvolle Moonwalker, der sie so beschäftigt?

Wir produzieren nachhaltig
- Klimaneutrales Produkt
- Papiere aus nachhaltigen und kontrollierten Quellen
- Hergestellt in Deutschland

FSC
www.fsc.org
MIX
Papier aus verantwortungsvollen Quellen
FSC® C014496

Völckersstr. 14–20, 22765 Hamburg
Umschlag- und Innenillustrationen: Barbara Korthues
Umschlag- und Innengestaltung: Sabine Reddig
Lektorat: Susanne Schürmann
Herstellung: Wiebke Düsedau
Satz: Dörlemann Satz, Lemförde
ISBN 978-3-551-55873-2

Was für ein **Schock** für Paul! Hihi

HEIMWEH
HOMESICK

Heute war ein chaosnachmittag!

Aber Mama hat uns geholfen!

Dragon Teacher

Zutaten
Apple Crumble
für (6)

500 g Äptel
100 g Butter
100 g Zucker
175 g Mehl
Zimt
1 Zitrone

APPLES 5
BUTTER
SUGAR
FLOUR
CINNAMON
LEMON